U0020239

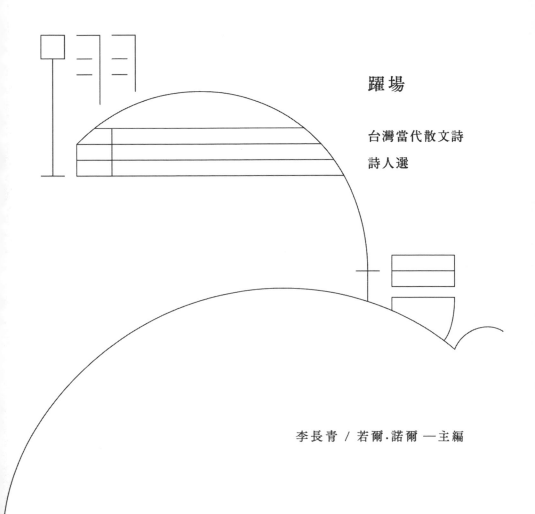

躍場

台灣當代散文詩
詩人選

李長青 / 若爾·諾爾 —主編

台灣當代散文詩的兩種神祕

陳巍仁

散文詩這個文類其實頗具神祕的趣味。

雖然「神祕」這種帶有宗教色彩的感受性詞彙，實在不適合當用做正式的文學評論，不過正因其「祕」，欲將散文詩剖析透澈，以納入體系的評論者所在多有，而創作者筆下也能量充沛，世代跌宕，不斷回應此文類之召喚。所以我想試試，從兩個方向來解釋我這種感受。

散文詩的奇特，首先來自其「什麼都是」（anything goes）。台灣當代散文詩，早被指出充分具有詩、散文、極短篇小說與劇場等的文類要素，這些要素全不衝突，幾乎是以一種同時兼具，而非比例分配的方式於作品之中呈現。也就是說，無論從哪個文類角度看，都可以越看越像，而且無妨於各自表述。由本集所收錄諸作者的散文詩觀中，也不難看到此現象。

再往下探索，我們就可以看到散文詩的另一個折拗的潛在特質，它什麼都是，卻也什麼都不想是。我這裡既借用了費爾阿本德（Feyerabend）的概念，也正表明了散文詩的反科學與無政府主義傾向。過去意欲以本質、成分等條件判定散文詩文類的嘗試，基本上都是徒勞無功的。說實話，我並不認為散文詩的文類問題能夠越辯越明，散文詩之所以不能分類，是因為我們太把文類當成科學架構，一如自然界的界門綱目科屬種，文學分類從來就只是種權宜機制，禁不起分類法則的檢證，按部

就班各得其所，只是種危險的假設。是故散文詩的存在，更可視為對文學分類之偽科學迷思持續的反諷。

再者，散文詩也難以進入文學權力場域，尤其是傳統文學獎、年度文類選，就幾無散文詩立足之地。但這種欠缺公定美學標準的自由，卻也讓散文詩典律化的狀況輕微不少，而且不用被文學權力機制納編。綜觀台灣近年的文學獎甄選，無論是評審過程或公告得獎結果後的群眾反應，皆在在反映了對文類跨越現象的不安。但文類界線的泯滅已是不可能再回頭的趨勢，文學界因為權力資格分配而生的牢騷，對散文詩這早已習於無相無形的野生種來說，反倒只是自然風裡的一點喧囂而已。

當然，散文詩裡也未必沒有權力場，2010年台灣詩學季刊雜誌社與吹鼓吹詩論壇就曾共同舉辦「第一屆台灣詩學創作獎：散文詩獎」，本集中的青年詩人蘇家立，便是得獎者之一。這當然是散文詩在累積不少能量後，一種向文壇發聲表示存在感的方式，或者倒過來說，文壇確也有想要確立散文詩文類地位的意圖，但這終究未形成常態，在文學獎與傳統文學媒體加速式微的未來，文類就更不可能有什麼「官方」認證了。總體來講，散文詩長久的不入格，反而成為提早適應後現代環境的健康體質，目前當然有不少論者傾向把散文詩視為一獨立文類，散文詩獎及選集的出現，也不無「追認」的意味，但我更偏愛把散文詩視為「元文類」，一種把文類規則卸除後，仍可保留語言的精緻性、情節的趣味性，並兼具自我的剖析與展演功能的空間，既是各種文類的根源，更可能是歸屬。

在此基礎上，我們再往下論述台灣散文詩的第二個神祕處：驚心。

前述的文類泯滅或緩解，是從文藝理論層面的觀察，然針對散文詩在台灣的發展，更可有一番更本土性的發現。過去散文詩在整個世界的生發，我認為並不具什麼明顯譜系性，大部分是創作者個別朝向「元文類」的一個返還過程，但是在台灣，這現象卻有種共通特質，甚至從前行代往後貫徹到新生代，此即所謂的「驚心」要素。

　　文類的形成，絕大多數不是靠歸納異同之分類法則，而是取決於逐漸形成的成規（conventions），從發生論角度，則端看哪些要素（element）可以取得主導（dominant）之地位，按迪尼亞諾夫（Tynjanov）之說，「主導要素的總和便是形成文類的決定因素」。事實上，台灣當代散文詩對主導要素摸索甚久，早期部分不成熟的作品甚至輕易被劃歸於「美文」，也就是其要素多與散文雷同，故文類定義自然靠向散文一側。但當幾位重要詩人以「詩」的自覺開始試作散文詩時，「詩」的主導要素便突然暴漲得令人側目，但即使如此，散文詩也仍擺盪於「散文」和「詩」之間，這也是多數華文散文詩界的相同經歷。不過很快的，台灣當代散文詩就發生了主導要素位移現象，「驚心」的語言與結構取代了詩文之辨，成了文類的重點。

　　「驚心」一詞，實確立於蘇紹連自1974年至1978年陸續發表的驚心系列散文詩。嚴格說來，其技巧當謀劃一奇特情境的要求，利用戲劇性的轉折結構，造成讀者在閱讀後的驚愕、驚駭、驚悚等「非愉悅感」，但其實只要作品能達到將詩意緩緩凝聚，並在一瞬間發散，使讀者產生驚訝、驚奇、驚歎、驚覺的基礎效果皆可屬之。

　　驚心技巧的突顯，蘇紹連的確有示範、帶頭之功。但若要

說此藝術手法，完全出自於蘇紹連一人之摸索研發則不然。1977年底，《創世紀》46期推出了「散文詩小輯」的特輯，共收錄18家詩人共33篇散文詩作。這一輯作品是散文詩史的重要文獻，可視為70年代散文詩的縮影。細觀這些詩作，我們便會很驚訝的發現除了蘇紹連之外，在渡也、劉克襄、陳黎、大荒、楊亭、墨君、陳義芝、張默、沙穗、汪啟疆等人的筆下，亦已出現類似的風格。而景翔、趙志揚、洛夫等較偏向抒情風格的作品，雖也極為精美可喜，但在當中竟然成了少數。蘇紹連、渡也等專職散文詩作者，在彼時都還處於初試啼聲的試探期，影響力未必可擴及整個現代詩界。準此，我們當可論斷，或許早在「驚心散文詩」之前，散文詩的文類要素便已有位移的趨勢。蘇紹連等人之所以能迅速獲得掌聲，一方面固是因其才力與勤奮，另一方面更是因為符合了詩壇的普遍盼望。二者相輔相成下，才更加速把驚心要素推向了文類的主導地位。是故驚心技巧之蔚為風尚，恐非蘇氏所造就之偶然，而是台灣散文詩史之必然。

關於這個現象，我嘗試整理出兩個因素。其一，是由台灣當代散文詩開拓者商禽所奠定的「紓緩化超現實語言敘述」。台灣對源自法國的超現實主義既有承襲，亦有所改造，商禽的超現實詩作，確實有一陣子充滿了借鏡自西方的技巧，如自動寫作、催眠、拼貼、奇詭的暗喻與意象等等。但值得注意的是，商禽很快擺脫了理論的束縛，他拒絕了「超現實主義者」的封號，自外於詩界的爭辯，建立起一套屬於自己的「超現實觀」。他宣稱：「我的『超』不是超脫、超離、不食人間煙火，應該是超酷、超遜的『超』！」陳芳明將這裡的「超」解讀為「更」之義，其超現實正是「極其現實」，英文的

surrealism 不足以界定商禽，應改以more realistic 或者extremely realistic 來定義較為接近。而現實的貼近不僅展現在詩思，更具體影響其表達方式。在此認知下，商禽便自然而然地採用散文作為敘述模式，以散文的紓緩敘述帶入更日常、更真實的情境，比起分行詩的割裂疏離，散文詩的親切樣貌或許更方便詩人表現出對所處世界的思考。商禽的散文詩，的確曾經招來許多誤解，但他從來不多做解釋。在散文詩文類尚未明確之時，讀者絕對難以想像，篇幅如此迷你的「散文」如何能夠跳脫小品式的小情小感，而展現深刻的智性之光，但商禽以其特出的超現實技藝，使筆下的散文成功迸發出詩質，並轉出文類的新境界。與之同期的秀陶，也在其名作〈白色的衝刺〉、〈Trio〉中呼應了此趨勢。

有趣的是，蘇紹連於70年代初期，還在《創世紀》上撰文倡言「消除詩中文意」，認為不應為迎合讀者而運用「散文的意義性」來寫詩，甚至對有意為之的詩人加以批判。但過不了多久，蘇紹連很快便在此趨勢中發現了新價值，接下來更上承商禽等前輩，努力彌縫詩語言艱澀與曉暢間的裂隙。蘇紹連在回溯散文詩的創作歷程時，除了提到商禽的潛移默化，更強調《70年代詩選》中施傷勇、楚戈、沈臨彬、沈甸等人的散文詩對他造成的深刻震撼。顯然在蘇紹連之前，散文詩的藝術形式已經被許多詩人接受，且出現了具體的成績。值得注意的是，這些作品雖有散文易於親近的外表，但內容仍延續了現代主義的精神特質，在商禽以降的這條脈絡中，「超現實」似已嵌入散文詩之肌理，成為難以動搖的文類要素。

其二，驚心結構來自對「魔幻寫實與劇場效果」的借鏡。如何在敘述結構中保持詩的純粹性，是散文詩人面臨的最大挑

戰，像蘇紹連最早在《茫茫集》中的幾首散文詩，其語言密度幾乎與集中其他分行詩無異，但這畢竟失去了散文詩的初衷。然為了維持散文語句，而刻意「封印」原本詩人最熟練的語言魔法之後，作品的詩質又該如何呈現？台灣當代散文詩作者莫不在此費盡苦心。

孟樊觀察到，蘇紹連成熟期的詩作，「的確可以成為語言被稀釋後但仍維持詩味的散文詩的創作標竿。他們不像商禽早期《夢或者黎明》那種以超現實主義（surrealism）式的乾澀語言來考驗讀者的智力與耐力，而以較溫潤且帶魔幻寫實（magic realism）魅力的語言征服讀者。」魔幻寫實技巧與超現實主義頗有淵源，隨著當代拉丁美洲小說之傳譯，這股風潮也跟著給台灣新生代作者帶來一些啟發。魔幻寫實比起超現實更正視周圍之現實，將超現實之純心理活動轉為對自然、社會、歷史的觀照，其利用「誇張」與「荒誕描寫」創造「變現實為幻想而不失其真」的情節、情境特色，在散文詩亟欲尋求詩質核心時，兩者可說一拍即合。

然為了與小說做出區別，在蘇紹連、渡也、杜十三、劉克襄等人的實驗中，散文詩通常展現出更精悍短小的面貌，面對情境的營造，更力求在單一場景中直接完成，為因應這樣的美學需求，當代劇場的諸般概念也就順勢受到了詩人們的挪用。蘇紹連嘗自剖其創作模式，「我彷彿先置身於一幅詭異的畫前，或置身於一個荒謬的劇場中，再虛構現實找不到的事件情節，營造驚訝的氣氛效果，並親自裝扮會意演出，把自己的情緒帶至高潮，然後以凝聚的焦點作強烈的投射反映」。朱雙一指出蘇紹連詩作具有強烈存在主義主題，此說確然。西方存在主義思潮引入台灣後，對60年代後的文學界、知識分子圈造成

了極深廣的影響，青年「蘇紹連們」成長於斯，染受此風自屬難免。而「荒謬劇場」對生存矛盾既強力又直接的揭示手法，也跟著被移植到台灣散文詩的技巧中，且迅速成熟為最可辨識的特徵。

延續著這整條發展脈絡，我們當可確認「驚心戲劇結構」正是散文詩功效「最佳化」的展現，此技法既擺脫詩文分類的限制，又容易上手熟練，更廣為讀者所喜愛接受。70年代後散文詩的詩質基本上由此產生，而且品質一直維繫不墜。準此，台灣當代散文詩之所以與其他華文地區迥異，獨特地以驚心結構及表現技巧為主導要素，實有其不得不然的文學史因素。

「驚心」當然不能視作台灣當代散文詩的全貌，秀陶便於2006年出版散文詩集《一杯熱茶的工夫》時，感嘆「散文詩有731種效果，何必獨沽『驚心』一味？」這確實是對散文詩發展趨勢的深刻提問。

我對台灣散文詩觀察甚久，但仍時時感受到其中誘人的魅力，這本散文詩選集，堪稱眾妙之門，想以區區一篇文字，為這些探索者或幻術師做出評價或論斷，都非我這個俗人之所能。因此我只能重新翻翻文學史，試圖勾勒出「元文類之試探」、「驚心要素的建構」這兩個神祕線索，那是當代散文詩創作者所來之處，所享之資源、所具之集體潛意識，當然，也會是個擺脫不了的巨大陰影與幽靈。本集中所有的作品都具備小說、劇場等跨文類風格嗎？都表現了驚心的結構嗎？確實有不少，這幾乎是台灣散文詩的基因，但我們也看到了更多的逃逸與叛離。蘇紹連在《散文詩自白書》自序中表明：「散文詩，它簡單的定義就是：用散文的分段形式寫出來的詩。此外，就不必再規範它是什麼了，或它應是怎麼了，都不要再規

範，則散文詩的創作會自由自在，海闊天空，無限可能的面貌都會出現，讓它的發展寬闊，而不要讓它狹窄。」這段話或可當做給走過文類抗辯、驚心立身時期的台灣散文詩，一個暫時的註腳。我這篇小文只是想說明，散文詩從未停止過對世界、對文類、對作者自身的思考，過去如此，未來想必也仍是，謹此向所有的散文詩人致意。

考掘台灣「散文詩」的對應地層
—— 從《申報》與《台灣日日新報》中「散文詩」字詞
符號作為論述據點

解昆樺

「散文詩」這個字詞符號在華語圈出現，以先前相關研究看來，最早應是1918年劉半農翻譯印度女詩人 Paramahansa〈我行雪中〉時。此譯作刊登於《新青年》4卷5期，劉半農並於譯後記提到「散文詩」之稱。「散文詩」此一帶文類混雜意味的文體，由此看來，基本上也是透過外／轉譯，才在華語新詩地層中投置。但，我以為那也要譯者劉半農本身有意識地使用「散文」這個字詞符號，「散文詩」文體才得以轉譯成功。

現在我們使用「散文」這個字詞，進行文類的指稱與相別，幾乎不帶重量感地，非常自然容易。但「散文」的字詞用法，卻有其轉折史。透過對之的追蹤，可使我們更能咀嚼戰後台灣「散文詩」的趣味。

其實劉半農在1915年已以「文言文」翻譯過屠格涅夫的散文詩，但是刊於1915年2卷7期的《中華小說界》。翻譯語言文字的文言文與白話文差異，竟能使「散文詩」一異為「小說」，這說明了當時的散文在使用上一定程度的白話意識。細加考察，在文言文之使用史中，「散文」之用法主要與「韻語」相別；而

《文心雕龍》中「論文敘筆」的文體論中也以「文」、「筆」進行主要類分，並沒有特別以單一文類進行專稱的用法，在宋代以後則「散文」作為一種文類用法慢慢普遍，進而形成對典雅、駢麗等的風格辯證，也意味文類概念的成熟，也才能連動刺激「散文詩」這個概念的生成。

我進一步有興趣，同時，也是一般對散文詩研究較少處理的問題是：「散文詩」這個具文類實驗的詞彙，如何從精英文學社群，而入大／公眾話語情境中？

這勢必得從文學社會學場域繼續觀察，而目前筆者所能掌握的《申報》與《台灣日日新報》，恰可成為切入點。相對於《新青年》（1915-1922年）啟蒙知識份子的高端位置，以大陸工商業核心城市上海為核心，發行於1872-1949年共25600期的《申報》，與台灣日治時期第一大報，發行於1898-1937年發行量最高曾達五萬份的《台灣日日新報》，無論就發行份數與時空間散佈性無疑具有高度的大／公眾話語性。

《申報》中最早出現「散文詩」此一字詞，乃在1921年11月16日第7版的一則商務印書館關於《小說月報》第12卷第11號的廣告中出現，該廣告中特列該期「譯叢」部分刊登了「王爾德的散文詩五省（按：應為首）」。《小說月報》是商務印書館於1910年創辦的刊物，就文學社會學角度來看，這份文本凸顯文學出版最實際的經濟行為。在此，「散文詩」不只是一個文類文體上的實驗，更與是時整體社會文化情境中大眾對西方文藝理解的求知興趣相輔相成，成為刺激讀者們閱讀慾望的文本。

《申報》的廣佈效力，以及當時數位技術尚未深入影響公眾娛樂，文字閱讀仍然是重要公眾休閒形式，可以發現「散文

詩」開始緩慢焊接至公眾話語系統中。迅速地，《申報》中第二次出現「散文詩」，已進入華語使用者的文字敘述文本中了。這份史料文本為該報1924年4月20日第17版的「小說半月刊」專欄篇章　長源〈太戈爾的小說〉。這篇文章是在泰戈爾獲得諾貝爾文學獎後，於1924年4月12日訪華的背景下完成的，文中於熱烈歡迎之情中，期待泰戈爾從世界文學的高峰位置給予中國文學發展正面影響。

　　氏該文歸納泰戈爾小說兩個特色之一的「詩意的描寫」中即寫到：「太戈爾的小說。處處發現了豐腴的調格。現麗的詞句。因此我們知道他的小說。多份受了他時的天才的影響。簡直是散文詩了。」由此交互參看前述劉半農的散文詩史料，再次印證這段散文詩在華語公眾場域中的投置，確實不是單純是「散文」與「詩」的整合，而是同時夾帶著「小說」的脈絡，使這份對散文詩的建構，更容易被認知、理解。

　　回到台灣的公眾話語場域進行逆時追蹤，以《台灣日日新報》來看，最早出現「散文詩」此一字詞，是在1909年10月23日第4版的「最近の出版界(上)」專欄。該專欄寫到：「葉舟は小說よりは散文詩の作家ちいつた方がいい 例の「響」は氏の

得意の散文詩をあつめたもので 已に五版も出」，此段日文之翻譯為：「與其說葉舟是小說家倒不如說他是散文詩作家。舉例來說『響』是他的得意詩作集結而成的，目前已經出到第五版了。」以目前所能看到的兩岸散文詩史料來看，這份1909年的資料說明了台灣公眾話語場域是早於大陸1915年出現「散文詩」，不過他是以日文脈絡出現。

有趣的是，若我們再打開台灣總督府中那間帝國圖書館，在《台灣時報》這份由台灣總督府發行的日文刊物中，可於1938年06期讀到松風子〈散文詩集「阿片」を讀む〉這篇談論西川滿這位日治時期大量書寫台灣的作家之《阿片》散文詩集的賞析文字。繼續在台灣總督府帝國圖書館梭巡翻閱，還可以發現松本睡子《遍路者の詩》中存有「夢遊街」一輯散文詩。必須指出的是，這本詩集是印於1933年5月印刷於台中綠川町二丁目九番地高須印刷所，帶有台灣本地印刷生產的特殊位置。而於此本詩集出版同年，後續風車詩社也成立了，在僅有的四期中亦有散文詩創作。

可以說，從「散文詩」在台灣日治時期公眾乃至文學場域的符號投放狀況，可知日治台灣散文詩的生長，雖然也吸收了屠格涅夫、波特萊爾的散文詩，但主要以日本作為吸收管道，所完成的也是以日文為主的散文詩作。對照著大陸散文詩的發展，也具體而微地呼應著陳千武的「雙球根」之說。

而這伴隨著西方、日本多層次影響與再生產的散文詩雙球根，在戰後台灣儘管糾結，卻未必造成強悍的影響。例如台灣詩學‧吹鼓吹詩論壇之「〈散文詩〉發表版」（goo.gl/w6xKPn）中，若爾‧諾爾所整理「散文詩書籍」中，除大略整理台灣詩人之散文詩集（商禽、秀陶、朵思、蘇紹連、劉克

襄、王宗仁、李長青等），另整理有「散文詩概述和評論」與「海外散文詩集」。有趣的是，在「海外散文詩集」此一目中，除刊列兩岸現代詩時代地層，於轉譯、傳播中逐次積累凝聚完成其傳統代表性的泰戈爾、屠格涅夫、波特萊爾散文詩選集外，還特別標註：「海外的散文詩，筆法、句型、表達方式等，與台灣的散文詩不同。」

　　戰後台灣詩人主要還是從華文文體範疇的實驗入手，自主地進行創作，相對於戰前「散文詩」之詞彙使用，有時偏指「散文或相關敘事書寫如詩一般優美」之用法，可以發現，首先，由於散文詩長年被實驗書寫，使詩人與現代詩學研究者有意識地辯證散文與詩的文類之別；其次，則因為戰後台灣現代詩受到現代、後現代主義洗禮，「詩」的文類風格也未必以「抒情」、「優美」為正宗。如此，遂使戰後台灣現代散文詩，有其有別戰前兩岸散文詩的獨特風貌，這都可留待《躍場——台灣當代散文詩詩人選》的讀者們細細品賞。

目次 ———

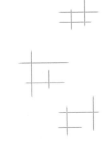

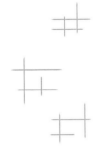

商禽

　　商禽（1930－2010），本名羅顯烆，又名羅燕、羅硯，曾用筆名羅馬、夏離、壬癸等。出生於四川珙縣，十六歲從軍，隨軍來台後任陸軍士官退伍，做過編輯、碼頭臨時工、園丁等，也賣過牛肉麵，後在《時報周刊》擔任主編，任副總編輯退休。

　　早年於《現代詩》發表詩作，參與紀弦發起的「現代派」，並加入創世紀詩社。曾應邀赴美參加愛荷華大學「國際寫作計畫」。成名作多為散文詩，被譽為1950年以降台灣散文詩的開山者，有「鬼才」之稱。出版詩集有《夢或者黎明》（1969）、《用腳思想》（1988），以及增訂本《夢或者黎明及其他》（1988）和選集《商禽·世紀詩選》（2000）、《商禽集》（2008），另有英、法、德、瑞典文等譯本。1977、1982、2005年三度名列當代十大詩人，《夢或者黎明》亦於1999年入選台灣文學經典詩集。

陳文發／攝

詩觀

　　我總是堅決相信，由人所寫的詩，一定和人自己有最深的
關係。唯一值得自己安慰的是，我不去恨。我的詩中沒有恨。

——摘錄自《商禽‧世紀詩選》（爾雅，2000）

工具

　　詩大序上說：在心為志，發言為詩。我想，這該是在討論詩的本質和創作過程，而不是解釋詩的內容是什麼的問題。

　　照古人的解釋，志是志向，是懷抱。詩便成了「述懷」、「載道」的工具了。

　　不僅古人，今人也一直以為詩，乃至所有的文學都是一種工具。

　　我不喜歡做工具的工具。

　　如果「在心為志，發言為詩」是講詩的創作過程，那麼「志」便是「意象」是「心象」了。

　　「詩」便是把「意象」繪出。

　　　　　　　　　——摘錄自《商禽·世紀詩選》（爾雅，2000）

界

據說有戰爭在遠方。……

於此，微明時的大街，有巡警被阻於一毫無障礙之某處。無何，乃負手，垂頭，踱著方步；想解釋，想尋出：「界」在哪裡；因而為此一意圖所雕塑。

而為一隻野狗所目睹的，一條界，乃由晨起的漱洗者凝視的目光，所射出昨夜夢境趨勢之覺與折自一帶水泥磚牆頂的玻璃頭髮的回聲所織成。

躍場

　　滿鋪靜謐的山路的轉彎處，一輛放空的出租轎車，緩緩地，不自覺地停了下來。那個年輕的司機忽然想起這空曠的一角叫「躍場。」『是啊，躍場。』於是他又想及怎麼是上和怎麼是下的問題——他有點模糊了；以及租賃的問題『是否靈魂也可以出租……？』

　　而當他載著乘客複次經過那裡時，突然他將車猛地剎停而俯首在方向盤上哭了；他以為他已經撞燬了剛才停在那裡的那輛他現在所駕駛的車，以及車中的他自己。

　　註：躍場為工兵用語，指陡坡道路轉彎處之空間。

滅火機

　　憤怒昇起來的日午，我凝視著牆上的滅火機。一個小孩走來對我說：「看哪！你的眼睛裡有兩個滅火機。」為了這無邪告白；捧著他的雙頰，我不禁哭了。

　　我看見有兩個我分別在他眼中流淚；他沒有再告訴我，在我那些淚珠的鑑照中，有多少個他自己。

長頸鹿

　　那個年輕的獄卒發覺囚犯們每次體格檢查時身長的逐月增加都是在脖子之後，他報告典獄長說：「長官，窗子太高了！」而他得到的回答却是：「不，他們瞻望歲月。」

　　仁慈的青年獄卒，不識歲月的容顏，不知歲月的籍貫，不明歲月的行蹤；乃夜夜往動物園中，到長頸鹿欄下，去逡巡，去守候。

螞蟻巢

　　我走在別人的後面，把男人們畢挺的褲管所劈破的空氣的碎片以及女人的嘴唇所刨下來的空氣的片屑予以縫合；但是，我無能將他們的頭髮所染汙的風澄清。

　　於是，我的嘆息被我後面的狗撿去當口香糖嚼，而狗的憂鬱乃被牆腳的螞蟻啣去築巢。

電鎖

這晚，我住的那一帶的路燈又準時在午夜停電了。

當我在掏鑰匙的時候，好心的計程車司機趁倒車之便把車頭對準我的身後，強烈的燈光將一個中年人濃黑的身影毫不留情的投射在鐵門上，直到我從一串鑰匙中選出了正確的那一支對準我心臟的部位插進去，好心的計程車司機才把車開走。

我也才終於將插在我心臟中的鑰匙輕輕的轉動了一下「咔」，隨即把這段靈巧的金屬從心中拔出來順勢一推斷然的走了進去。

沒多久我便習慣了其中的黑暗。

結石

　　既不必繞道，更毋須咒罵，也曾想過踞坐在它滿布根鬚的腹上唱歌。沒 有。我說：喂。連自己都聽不見。

　　颱風過後崩塌的一塊巨石，仰躺在路中讓我看見它千萬年未見天日的另一面。好難得。而我總要走自己的路，就這樣，照往常的步伐，對準它，向前走，直到抵達半山草亭，我才正式出聲說：「你好。」這時，石頭正運行在體內的某處，愈來愈小。

　　　註：詩作〈界〉、〈躍場〉、〈滅火機〉、〈長頸鹿〉、〈螞蟻巢〉
　　　　　選自《夢或者黎明及其他》（書林，1988）；〈電鎖〉、〈結
　　　　　石〉選自《商禽·世紀詩選》（爾雅，2000）。

秀陶

秀陶，本名鄭秀陶，湖北省鄂城縣（今鄂州市）人，1934年10月4日生。秀陶於1949年隨兄姊為逃避共產黨而離家，1950年來到台灣。曾就讀省立台北商職夜間部（1952—1956）、台灣大學商學系（1956—1960）。

秀陶就讀台北商職時，在校內圖書館讀到日治時代所保留下來的英文詩集多冊，因而對詩產生興趣，並開始投稿；亦曾參加紀弦所發起之「現代派」。1962年退伍。1966年，秀陶因工作關係自願派駐越南，為會計人員，人在異鄉，加上其後越南發生了戰爭，諸多生活中的不平靜與動盪，造成秀陶長期停筆；直到1985年，秀陶才又再度恢復書寫，重返文壇。

秀陶著有詩集《死與美》（2000），《一杯熱茶的工夫》（2006），譯詩集《不死的章魚——世界散文詩選粹》（2006），以及自選集《會飛的手——秀陶詩選》（2016）等。

——摘改自秀陶《會飛的手：秀陶詩選》之「作者簡介」，
　以及湯舒雯撰〈一首散文詩的功夫——訪秀陶〉一文。

陳文發／攝

詩觀

　　真正的詩沒有長的。非常驕傲於我們的老祖宗們早就認識了這點。寶石都小，小得可以藏在懷中。好詩都短，短得我們可以背誦，可以朗朗上口。尤其是散文詩，一長，便會變成其他的玩意，就像草長得大了會變樹一樣。

　　編按：詩觀摘錄自秀陶〈簡論散文詩〉一文。該文收錄於《會飛的手：秀陶詩選》（黑眼睛文化，2016）。

簡論散文詩

提到散文詩之起源，一般都認為始自波特萊爾（Charles Baudelair,1821-1867），他的散文詩集《巴黎之憂鬱》（*Le Spleen De Paris*）也公認為最早的散文詩集。在該書作為序的一封給出版商的信中，有一段話說明波氏為何要採用散文寫詩。這段文字不知被人引用了多少次：

……我輩人中，當野心勃勃時，誰不曾夢想過詩式散文之奇跡！既有音樂性而又無節拍同韻腳；既柔順而又粗獷，足供各種表達如：靈魂之抒發，夢幻之起伏以及良心的悸動。

這一段話也有人用來證明散文詩之發軔。然而就在這一段話的前面還有一段也很重要的話，波氏在那段話中自承散文詩之寫作，是其來有自，而非他自己的發明。

……我要作一個小小的招供，就是至少讀了柏唐（Aloysius Bertrand, 1807-1841）的名著《晚上的加斯寶》（*Gaspard De La Nuit*）二十遍之後，我便有了創作同類作品的主意……。

由此可見柏唐更是波氏的先行者。柏氏雖然從未採用散文詩此一名稱，但自 1827 年始，一直至去世為止，都是以散文詩的形式，寫古佛蘭芒人的生活。死後於 1842 年始有該書出版。

二、

　　散文詩的特性，原無一定的成規、要素、條件。正如同一切其他的藝術一樣，從無人能釐定列舉什麼條規，且從無不能打破的鐵律。如果必要，僅能自大批的名作淘取普遍存在的共同點，羅列如下：

　　文字方面，但求準確、流暢。

　　內容方面，總要言之有物。篇幅方面，尚短。

　　寫作的態度，前曾提到在其他的文類中，偶一也找得到類似散文詩的作品。但作者既未立意寫散文詩，而錯有錯著地居然寫出了類似散文詩的作品來，當然不能算。只有詩人刻意地以散文的文體寫詩，這樣的作品才是真正的散文詩。

　　一個新的文類，歷史尚短，作品也不多，詩話、詩評從來少見，放眼荒原一片。特性、準則、美學觀點猶待建立。

──摘錄自秀陶〈簡論散文詩〉一文。該文收錄於《會飛的手：秀陶　　詩選》

手拉手

　　強大的祖國又祭起飛彈來了。彈著點之一離台灣東北端二十餘浬，想到她的老家距離那裡也不過五十浬的樣子吧！要是那顆臭蛋不乖略為偏南一點的話⋯⋯

　　我緊張地翻出地圖來想要仔細地研判一下，當掀到那一頁時，我發覺我們曾同遊過的那個可愛的小漁村已變成了一個黑黑的小圈圈，彷彿一個受驚的小章魚一樣，同前前後後大大小小黑黑紅紅的小章魚們都緊緊地拉起手唱起歌來了

瞬間

站在院中，四處望望。突然不記得自己為什麼會站在這裡

郵差已經來過，留下了一封推銷人壽保險的信，幾張百貨公司的彩頁。籬邊有幾叢紫白色的小花搖搖晃晃地開著，它們一定也有一些親朋正開在別的什麼地方吧

推門入屋時回望了一眼灰白的天空，彷彿首肯樣微點著頭，霏霏的雨便下了起來

紙錢

裁出一張長方形的紙片，將我的頭像畫在正中，四角各寫上一個大大的銀碼，我要把它燒給你

在那火化的黃光中，我看到了你的喜悅，看到了你正迫不及待的攫取，我笑了

但一想到你或許會從此因富有而變得耽心、繁忙，變得挑剔，或者加上幾分豪華以及傖俗，我不禁又有點後悔

面容

　　無從規避的面容，總是在熄燈後出現。出現在秋日的眼瞼之後，薄而且輕，飛舞堆積。多數都親切得殘忍，甜蜜得愁苦，要求你懷念，要求你悲哀，要求你衰老

　　我一定也會在妳的眼瞼後出現。但我不要妳悲哀，也不要妳衰老。我也許會飛舞，但不堆積。我只是一片雪花，與任何其他的一片都不同，當妳欲眠未眠時我將無聲地融去

手套

　　自壁櫥內取出了這雙貯存了大半年的黑羊皮手套時，便彷彿是取出了我另外一雙風乾了的手

　　我那戴了兩年的呢帽，至今仍未學會我頭的樣子；穿得快要破了的鞋子，離開像我的腳也還有一大段距離。唯有這一雙手套，雖只跟了我一個冬天，便將我的雙手學得維妙維肖的，短而粗的手指，寬厚的掌扇，幾乎比我原來的手更像是我的手。尤其是靜夜，它們疊合在書桌上，一副空虛失望而又傷痛的神情，更像

　　到發生了下面這件事之後，我便越益相信，有朝一日當我失去了原來的一雙舊手之後，這雙手套是絕對能夠代替的。那一日我走過一個卜卦攤，剛除下一隻置在案上，不等我除下另一隻，他便端詳著那隻微溫的手套，娓娓地一毫不爽地道出了我的一生

糖衣集粹

　　吞食了一輩子的糖衣毒藥，到今天雖然被毒得終日昏昏沉沉的，但卻沒死。毒藥吞食後留下大批花花綠綠色彩繽紛氣味芬芳的糖紙，其設計精巧頗富藝術性，展玩之餘不忍拋棄，現集之成輯

　　大東亞共榮圈　中日提攜　共存共榮　同文同種
　　解放　人民民主專政　一切為人民　百花齊放　土豆加牛肉
麵包是會有的

　　我永遠愛你　我們患難與共　疾病相扶持　永不分離　跳
樓大減價　終身保固　神愛世人　南無阿彌陀佛

　　減稅　消滅大碼殺傷武器　把民主移植到別國　世界警察
我站在我媽的墳頭上發誓　我是為了你好　嗚呼哀哉　尚饗

禪以及四個漂亮的鍋貼

　　叫了一碗牛肉麵之後，因為怕不夠吃，便又叫了一份鍋貼。等麵下肚之後，八個鍋貼還剩下四個，怎樣也吃不下去了。望著四個黃澄澄的油光光的排得整整齊齊的鍋貼，心想帶回家去晚餐時再吃吧

　　正喝著最後的幾口麵湯，走進一對三十來歲的男女，女的一身碎花的連衫裙，男的則牛仔褲，黑T恤，T恤前面一個斗大的白字「禪」，我愕然了兩秒鐘，一口麵湯連麵渣帶蔥花全噴在鍋貼盤中。愧於自己的失態，我快速地付完帳逃了出來

　　一生與禪無緣，大三時讀過一本《五燈會元節引》（也不知那本書是從那裡來的）全是一段一段的公案，頗富散文詩的味道。而後又念了一點有關六祖惠能的文字。得到的印象是那是一種苦修，不是兒戲，不是時尚潮流。而後見過野狐禪、老婆禪、著相禪以及東洋人的掮客禪，以及等而下之的所謂禪詩禪話以及東洋人的半畝庭院擺上山石，鋪上細沙，畫上條紋的淺薄的具體禪等，不一而足。而居然把禪穿在臭皮囊上，今天還是第一次見，真是世界之大……然而可惜我那四個漂漂亮亮的鍋貼呵

　　　　　　註：以上詩作選自《會飛的手：秀陶詩選》。

蘇紹連

　　蘇紹連，1949 年生，台灣台中人，先後創立三個詩社：《後浪詩社（詩季刊社）》、《龍族詩社》、《台灣詩學季刊社》，現主編《台灣詩學吹鼓吹詩論壇》，致力台灣散文詩、超文本詩的創作，出版有《驚心散文詩》、《隱形或者變形》、《散文詩自白書》、《台灣鄉鎮小孩》、《少年詩人夢》、《草木有情》、《童話遊行》、《時間的背景》、《鏡頭回眸》等書。

詩觀

　　先有詩,是詩去找適合的詩人將它寫出來。換句話說,是詩投胎到詩人的身體裡,再由詩人將詩生產。

瞻望散文詩出頭天的歲月

　　台灣的「散文詩」長久被關在文學創作的黑牢裡，只有少數幾位詩人願死心關懷，終日瞻望散文詩出頭天的歲月，像散文詩教主商禽以降諸世代的詩人，為著「散文詩」出獄一事奔走，期望還給散文詩名正言順的身分及位置。我個人也試擬七點呼籲：

　　一、「散文詩」不能稱作「分段詩」，「分段詩」不該是「散文詩」的另一個名稱。為什麼？因為各類型的詩，都有分段的形式，若將「散文詩」稱作「分段詩」，那麼有分段的「分行詩」是否也可以稱作「分段詩」？像這麼一個對詩類型有嚴重混淆的名稱，應該拋棄。

　　二、「散文詩」不能規定寫幾行或一行寫幾個字。散文詩不做斷句來分行，或是寫幾字就換行排列文字，書頁上和網頁上所看到的行數，那是依據版面長寬間距而做的換行，「散文詩」的句子本就無分行、換行，只有分段的考量。曾有一位詩人宣稱要寫幾行的散文詩，那是一種謬誤，一種對詩學認知有問題的結果。

　　三、「散文詩」不是不可變體，怎樣讓「散文詩」變體？有些方法是可以實驗的：1、把詩句去標點，2、在部分加入「圖象詩」的形式，3、其中一段置入「分行詩」，4、把「隱題詩」的技巧融入……等等，為了拓展「散文詩」的領域，結合各種文學技巧是有必要的。

　　四、「散文詩」不可視為是詩與散文的模糊地帶，散文詩就是詩、新詩、現代詩，但絕不是散文。「散文詩」雖與散文有交集，但交集的地方，是在於運用了散文的形式，句子連著

寫，有段落，卻無分行，也無為了分行而斷句。因為交集點在於散文的形式，故稱作「散文詩」。

五、「散文詩」不是用語言散文化來定位。任何語言都可入詩，雅俗濃淡疏密，盡在詩作者的運用策略採其所需。語言散文化，不是「散文詩」的必備條件，而且根本上不能當作條件，大陸的普遍現象是把語言散文化的抒情小品文當作「散文詩」來推廣，而不注重「詩質」的辨識，無「詩質」可言的時候，則非「散文詩」。另外，也有把語言散文化的「分行詩」當作「散文詩」來看待，更是錯亂。

六、「散文詩」的形式特色，不在於分段，而是在於不分行。有詩論家探討散文詩的形式，竟然只講分段，將散文詩分為一段形式、二段形式、三段形式、四段形式等依序類推下去，這是相當沒有意義的分類方法。殊不知其他詩體，亦可分為一段形式、二段形式、三段形式、四段形式等等，故而這樣大家都一樣的分段形式探討又如何成為「散文詩」獨有的特色？

七、「散文詩」和「分行詩」、「圖象詩」、「隱題詩」……等，都是屬於「現代詩（新詩）」中的一種類型。有人把「散文詩」看成與「現代詩」不同類，那絕對是錯誤的，沒有弄清楚「現代詩」不斷的開發而產生的各種體系類型，或者只以為「有分行的詩」才是「現代詩」，而沒把「散文詩」當成「現代詩」看待。

凡是努力為散文詩創作的詩人們，請讓散文詩出獄，看見他的一片天空吧！

愛的紅毛巾
——觀陳克華的裸男油畫

像我這樣的一個瘦削的男子通過一片海都激不起一朵浪花，但竟然在通過他和他的裸男油畫時，有一滴精液毫無預警的自畫中滑了出來，那一瞬間，有神閃現。我想我的身體是受到了裸男油畫的影響而顫慄而興奮而忘了我只不過是一抹未乾的油墨，竟也可以映射出彩虹的光彩。

還有像我這樣被裸男儷住的是天空中的一輪白色烈日，原本駐足在裸男的肌膚上，卻用一個瀟灑的弧度緩緩滾向胯下，燃燒起一座黃昏森林。像我這樣在一瞬間，一瞬間失去了掩飾有如摘下所有的面具，露出沒有迷霧籠罩的雄性島嶼和浸入海水中大提琴的下半身。那些裸男一樣的魚，那些水草一樣的肉身，那些岩礁都可能是菩薩，也許這才是他。我看見他在通過裸男的身體。

他在通過裸男的身體，幫裸男撿起遺落的鮮紅毛巾。

照相館
——懷念一位攝影家

　　我經過，就如同經過照相館櫥窗上的黑白人像，轉頭望了一下，他們就站在那裡，一個影子都不會產生的那裡，惶惶然逃避的那裡。

　　他們不動的那裡，有我動著的心，怦怦，怦怦。有人從照相館走出來，戴著黑色帽子，烏雲罩在街道的上空，雨落在身體裡卻流入遠方的城市裡；又有人從照相館走出來，臉上的黑框眼鏡像是鳥籠關住鳥雲，而翅膀從他的背上掉落像兩滴巨大的淚水；又有人從照相館走出來，摘下自己的大頭照只留肩膀以下的身體，讓背後的天色能緩緩通過，回到青年時代的蒼茫裡；又有人從照相館走出來，打開的身體像一個無鎖的木箱子裡面只有一塊破裂的鏡子，倒映著黑海溝的波浪殘念：「讓島嶼浮現」。

　　這時，我轉身站在照相館門口那裡，對著黑色的木門輕敲：怦怦，怦怦，我說著：我要拍身份證照。好久，才有一老婦開門：「照相館已歇業半世紀了。」我仰頭張望，剛剛一個個走出來的竟然是櫥窗上黑白人像群照裡的人，變得空無。

旋轉的吊扇

　　他的身體是一支有三片長柄扇葉的電風扇，從天花板上垂吊下來，每日每夜不停旋轉。他保持固定的速度及方向，而且用呼吸的節奏形成他的生命旋律，像在一個時代裡反覆迴旋及前進的切割器。

　　他對櫃子的一種告別形式是他切割了櫃子，被切割去的部分變成空缺。而他的扇葉仍不斷的經過空缺的胸口，不斷的向櫃子道歉。至於被他切割掉一隻腳的椅子，他仍是低俯的迴轉經過斷缺半截的腳，經過，再回來經過，用一生的時間經過。

　　他一生只能在一個房間裡自我迴轉，自我經過，經過櫃子，經衣櫥，經過桌子，經過椅子，經過牆壁。凡有物阻礙，他便對之切割出缺口，影像才可以從流血的缺口經過，經過，再回來。他，才可以不停的把風吹拂進入房間的人。

老木箱返鄉

　　他把自己摺疊在一個老木箱裡，然後蓋著，上鎖。拿到某物流公司將箱子以船運的方式遞送到一座童年的，邊緣的島嶼。

　　他在進入老木箱之前，已經先在木箱裡面貼滿家人臉孔的照片，貼滿過往的生活。他在進入照片之前，先畫出位置給遺忘的人，用位置等候了一個即將要返回的人。他在進入位置之前，先用彩色的玻璃珠映照射著海的光芒，用衣架把雲和雨水倒懸，用螺絲把天空釘緊在鍍鋅鐵片上，用偽裝死亡的假寐給自己安置一個房間。他在進入房間之前，輕輕敲醒黑貓與貓的黑色，讓貓變白，變為磁磚上的光影；而他把自己和家具殘片混合複製在磁磚裡，像鳥屍一樣再也飛不起來。他在進入老木箱之後，他和木箱裡的物件一一鑲嵌，他逐漸變身。

　　老木箱遞送到了邊緣的島嶼，沒有人從照片裡出來，沒有人離開位置，沒有人看見房間，沒有人是掛勾，沒有人勾住他的關於狗的綠色冥想。沒有人打開他。

撫琴記

　　我撫著胸膛，左心室裡的一把琴，在涓涓的血流上，孤鳴。

　　我撫著骨骼，是一副不能對之呼吸而讓它崩塌的文字結構，意象在其中變成跳躍的音符。而我的頸椎至頭骨，竟有萬壑松濤，不息不止。而我整齊的肋骨做成百葉窗，夾著暮色顫抖。而我的腳踝趾骨，螻蟻穿行。而我的，心，洗著琴音。

讀信

撕開信封，妳信紙上的那些黑字游出來……

那些黑字興奮地向四面八方游去，然後，自四面八方艱苦地向我游來。每個字均含著淚光，浮浮沉沉地游著，游到了我的身體上……

有的字在我的袖子裡潛泳，有的字停泊在我的臂灣中，有的字失去知覺，在我的口袋裡沉下去，有的字抽了筋，掉在我的膝蓋上，有的字嗆了水，擱淺在我的衣領上，有的字被我的食指彈回去，有的字在我的鼻樑上嬉戲浪花，有的字在臉頰上的淚珠裡仰泳，有的字被我的眼睛救起，有的字渡不到我身上，便流失。

從彼岸游到此岸，是這般興奮又這般艱苦嗎？

時間

　　時間行經每一個角落，前顧匆匆，回首徐徐。霧已下達命令，不許有眼睛的生物潛行，包括時間，都令其迷失方向。我把時間打包入行囊裡，坐在霧中哭泣。

　　我坐在霧中哭泣，把時間從行囊裡釋出，都令其迷失方向，都令其哭泣，包括時間的眼睛，都令其潛行。霧已下達命令，回首徐徐，前顧匆匆，時間再度行經每一個角落。

杜十三

　　杜十三（1950－2010），原為濁水村杜家排行第十三之么兒，後過繼給竹山鎮黃姓人家為嗣，取名黃人和。台中一中、國立台灣師範大學化學系畢業。1982年始以「杜十三郵遞觀念藝術探討展」介入文壇與藝壇，作品充滿前衛色彩。著有《杜十三主義》（2010）、《石頭因為悲傷而成為玉》（2000）、《新世界的零件》（1998）、《火的語言》（1994）、《愛撫》（1993，手製限量詩集）、《嘆息筆記》（1990）、《愛情筆記》（1990）、《行動筆記》（1988）、《地球筆記》（1986）、《人間筆記》（1984）等。

陳文發／攝

詩觀

「寫作如何才能成為一種藝術呢？」要回答這個問題，有必要先從詩的本質（essence）去觀照：

哲學大師亞里斯多德論詩，認為凡是具有純文學價值的作品都是詩，無論它是否具有詩的形式；詩人雪萊說：「詩與散文的分別是一個庸俗的錯誤。」美學家克羅齊則主張純文學只有「詩與非詩」兩種：「所謂『詩』就包含了一切純文學；『非詩』就包含一切無文學價值的文字。」

從這些角度來思索寫作成為一種藝術的可能，其條件和任何的文學創作一樣，主要還在於寫作的人——包括散文家、小說家與詩人，能否以純文學的「詩的本質」去建構一己的文字符號世界——壞的詩，難免是一些徒具詩形而無「詩質」的作品，而好的小說、劇作或好的散文，則無一不是具備濃郁「詩質」的獨到之作。

——摘自杜十三著：《新世界的零件》（台明文化，1998）之後記：
〈寫作藝術的思考〉。

寫作藝術的思考

　　如果，畢卡索可以用立體主義的敘述實踐他獨到的移動視點美學，蒙德里安可以用水平垂直分割的敘述實踐他唯一的幾何美學，以及，貝多芬可以用他的絕對寂音的敘述實踐他原創的音感美學，而不只是沿用前人的印象派畫風或者古典的曲式去從事創作，那麼，散文詩作家是否也可以大膽的嘗試現代映象中各種「看」法的蒙太奇敘述方式，運用文字將現代人間的萬象「拍攝」成冷峻、客觀、無我的場景，再充分的運作搖、推、拉、溶入、淡出、全景、特寫……等唯我的映像導演手法取代一般文字的主觀描摹敘述方式，進而用心的將自己的文字表現合成帶有詩質的「膠卷」，並用新的文學拍出具有鮮明意象與戲劇張力的現代人生場景呢？

　　多年來，我一直在思索這個屬於文字美學上的問題，也試著完成了一些實踐上述新敘述觀點的散文詩作品。雖然有人認為這些作品難以歸類，因為它們涵蓋了散文、小說、詩甚至戲劇等各種文類的特質，但基本上，我個人則較偏向於將這些系列創作當成散文詩新文體（new stylistic）的試煉，因為這些寫作都是我針對前述自發性文學美學觀的長期實踐結果－做為一個寫作人，我個人深信，唯有先成為一個文體作家（stylistic writer），他的寫作才有可能成為獨創而感人的藝術。

　　——摘自《新世界的零件》之〈寫作藝術的思考〉。

螢火蟲

　　‧灰燼懺悔成為光。

　　我跪在一片黑暗中懺悔。

　　面對自己的罪，天是黑的，地是黑的，雙手伸出可及的四周也是黑的，然而，值得安慰的是，我還擁有一片沒有雜音的寂靜，可以用來傾聽自己真實的心跳——心跳聲中有父母的嘆息，有情人的啜泣，有斷裂的琴音，有囂狂的歌詩，有貪婪的酒酐，有瘋癲的妄語，也有山河的迴響，草木的輕嘯，海水的拍擊，鐵軌的震顫，輪渡的警笛……慢慢的，我聽見母親呼喚自己名字的聲音，聽見淚水滾落地面的聲音，聽見一群翅膀拍動的聲音——

　　一群螢火蟲，從我童年的草叢中起飛了，牠們正穿過重重的黑暗趕來為我照路，要帶我回到四十年前老家門口，那灣清澈、無邪的河畔。

墨

· 人身如墨，因為懺悔而氣韻生動。

戰死之後，他被隨處掩埋，屍骨的一部分溶入了地底的碳層，百年之後才被偶然挖出濃縮成碳精，輾轉被製成了墨條，又輾轉被陳列到文具店販售。

他的曾孫的兒子喜歡畫畫，偶然來到這家文具店，也偶然的看上了這一盒墨條，但見那墨黑得晶瑩剔透有若烏黝的松脂，輕敲桌面，清脆的聲響又有若堅硬的骨頭，便欣喜的買下，帶回家中使用。

他收集晨間的露水磨墨，研出的墨汁隱約透散出雄沉的芳香，有若曠野草叢中猛獸遺留的體味；他又用狼毫醮汁在純棉的宣紙上試筆，墨色暈開有如雨入荷花，瀟灑勻順，毫無罣礙——如此，在那一間砌有兩道書牆，擺著一方長桌與各式文具，窗明几淨，視野遼闊得可以見到海水波盪起伏的書房裡，他氣定神閒的繼續使用有如淚水般的晨露把祖先的屍骸磨成汁，手握嗅覺敏銳的野狼之毛編成的筆，攤開可以禦寒的棉花抽成的紙，大膽而細膩，暢快淋漓的完成了一幅巨大的人像——

畫面是一個解甲的戰士眺著家門，悲喜交加的張開雙手等待奔來的家人擁抱。氣韻生動，栩栩如生的戰士面孔，和他曾祖父的父親長得一模一樣。

刀子

·仇恨本身就是刀子，一旦起心動念，必然留下傷痕。

他在一只蘋果上插進一把銳利的刀子，然後想像著他的敵人掙扎、痛苦的模樣。

如此，他才似乎心平氣和了些，然而每隔一陣子，他會把刀子抽出來，又在蘋果上不同的位置恨恨的刺下第二刀──整個下午，他就一直重複著這個復仇的動作，還不到太陽下山，一整簍滿滿的蘋果很決（編按：原詩寫「決」，唯據前後文意，應為「快」）的就被他戳得稀爛並且散滿了一地。他的眼睛，也因為過度的仇恨而佈滿了血絲。

天暗時，他筋疲力竭的走進洗手間洗滌雙手和刀子。他走後，一股鮮血終於忍不住的，從被洗得雪亮擱在一旁的刀尖淌下，迅速的染紅了已經光潔如鏡的洗手檯。

嬰兒

· 人性裡的很多成分，不是胎生的。

千萬條長了鬍子的精蟲瞄準同一目標，奮力朝向同一個化了妝的卵子浮動。

在激湍而險巇環生的水流中，每一條精蟲都帶著自己的甜言蜜語和偉大的愛情，咬緊牙關，誓不退讓的和其他的伙伴們拚命較勁，因為他們相信，今生今世只要誰能把握這個機會拔得頭籌，誰就可以投胎成人，就可以擁有更為巨大的形體和能量享受更為轟轟烈烈，更為纏綿悱惻的愛情，同時，還可以繼續生產更多的精子和卵子……。

如此，有些精子在強酸亂流中喪生，有些在白色殺手的伏擊下被吞噬，有些則因為誤撞陷阱而滅頂……，剩下的最後一條精蟲，雖然不是最強壯、最多情、最聰明、最良善，卻最擅於使用花招巧術躲過千危萬險，使盡各種卑鄙手段趁亂打擊異己，之後才得以戰勝群雄，踏著其他精蟲的屍首前進，和等待已久的那個卵子相擁、結合。神依例在這個時候給予熱烈的掌聲，同時賜給這對精卵一副靈魂和啟動程式，並且讓它在母體開始熟悉人身的一切，也讓它利用DNA拷貝一切有關人的密碼，選擇人的性別……。

十個月後，一個剃光了鬍子，卸了妝的嬰兒，佯裝天真無邪，微笑著爬出了母親的子宮。

火

· 我們都是火焰的前世，我們都是醒著的灰燼。

一個流浪漢蹲在橋墩下面升起一堆火，用來煮水。

河水從他的面前流過，在左前方的土丘旁邊形成一處急湍。湍中汩汩的白色水泡，和壺中沸騰的聲音形成一種巧妙的呼應，當他用斗笠搧火的時候，整條潺潺流動的河水，似乎也跟著慢慢的沸滾了起來……。

他猛力搧著。一隻鳥從前方的草叢中飛起，在逐漸暗去的天空裡盤旋了一圈，而後，落向對岸人家的屋簷底下，窗裡的燈火紛紛亮起。

他猛力搧著。晚霞飛聚到西邊的山頂上，團團的色彩火焰一樣的燒著，幾個莊稼漢荷著鋤頭，從山那一邊的小徑裡匆匆跑出……。

他猛力搧著。橋頭的交通燈誌迅速轉成紅燈，久久不滅，車輛擠成了一團。

他猛力搧著。整條河水突然點起了彩色的火，霓虹燈、星星和月亮，隨著一齊升上天空裡閃爍……。

最後，他用煮過的水沏了一壺茶，坐到河堤上，靜靜的欣賞一幅燒好的夜色。

香水

．為了避免兩性隔閡，男人的夢被製成化學品，賣給女人。

一個雕鏤著花紋的，精緻的小瓶子裡，裝著「巴黎的夢」，和日本來的口紅、粉條、腮紅，美國來的衛生紙，西德來的藥丸，以及台灣的梳子和電話簿，共同擠在義大利的手提包裡，跟著一個穿戴新潮的女郎，搖搖擺擺的走在台北的街頭。

街頭上瀰漫著白天留下來的汽油味、柏油味，和行人的汗臭味。女郎匆匆的穿過紅綠燈，穿過各種街頭的氣味，端莊高雅的走入巷內一棟閃著霓虹燈招牌的，很有氣氛的建築裡。

一樓的門僮走過來微笑，二樓的女侍走過來點頭；一把編著號碼的鑰匙交過來，一間漂亮的房間打開來，一個嘴巴泛著油光的男人，色迷迷的站起來……。

女郎在男人飢渴的眼睛下進入盥洗室，脫光衣服，洗去各種臭味，補了妝，然後，輕輕洒下幾滴「巴黎的夢」──
女郎化成一隻蝴蝶，香氣撲鼻的在一床絲被中掙扎，從男人沉重的鼾聲中，破繭而出。

蜂

籬笆西邊，一群蜜蜂從果園的深處起飛，開始搜索甜蜜的食物。

籬笆東邊，幾朵紅霞忙著打扮天空的暮色，一對男女，用親密的影子布置著綠色的草坪。

果園在西邊，一片翠碧的灌木葉叢綿延的覆過山坡，像一床綠色的絲被一樣，在金色的陽光和夏暮的微風中，盪起一波一波的曲線，卻又若隱若現的，讓一粒粒小小的棕色生果，在拂開的枝枒中含蓄的顯露出來。沒有果香，花朵也剛剛開過，只有籬笆外面的草地，在斜陽底下蒸出一股淡淡的草香，在闃靜的野地裡竄向漫天的霞光。

女人突然把男人推開，漲紅著臉，迅速理了理鬆開的上衣扭扣，男人笑了笑，賴皮的握住她的手，裝模作樣的呵護起來。

風吹著，男人也張著嘴巴不停的說著，說著……慢慢的，女人又重新倒向男人的懷裡，任由男人上上下下熱情的愛撫起來，風於是把男人的話次（編按：原詩寫「次」）向西邊，穿過籬笆，落向果園。

覓食的蜜蜂果然成群的翻越而來，朝男人甜蜜的嘴巴，猛烈進攻。

註：以上詩作選自《新世界的零件》。

白靈

　　白靈，本名莊祖煌，原籍福建惠安，1951 年生於台北萬華。美國新澤西州史蒂文斯理工學院碩士，現任台北科技大學兼任副教授、台灣年度詩選編委。創辦《詩的聲光》，擔任過《草根》詩刊主編、及《台灣詩學》季刊五年（1～20 期）主編。

　　作品曾獲中國時報敘事詩首獎、梁實秋文學獎散文首獎、中山文藝獎、國家文藝獎、2011 新詩金典獎等十餘種獎項。出版有詩集《後裔》、《大黃河》、《沒有一朵雲需要國界》、《白靈短詩選》、《白靈世紀詩選》、《愛與死的間隙》、《女人與玻璃的幾種關係》、《咋日之肉》、《五行詩及其手稿》、《詩 20 首及其檔案》等十一種，詩論集《一首詩的誕生》、《一首詩的玩法》、《新詩十家論》等六種，及童詩集兩冊，散文集三冊等。編有《2012 台灣詩選》、《新詩二十家》、《中華現代文學大系》詩卷Ⅰ及Ⅱ、《新詩讀本》、《新詩三十家》等十餘種詩選。建置有「白靈文學船」、「乒乓詩」、「詩的聲光」、「無臉男女之布演台灣」等 12 種網頁（http://www.cc.ntut.edu.tw/~thchuang/index2.htm）。

陳文發／攝

詩觀

有二，其一：筆下三稿紙，胸中十萬燈火。其二：詩之於人生，猶如廣場之於都市，湖泊之於群山，空白之於國畫，足以舒坦擁擠、繁華單調、推拿精神、建築共鳴。

金三角地帶
——我對散文詩的看法

　　散文詩其實仍是一塊處女地。踏足其上，且將之視為一生寫作重心的詩人，微乎其微，只有少數是階段性的，多半是偶然性的。因此難以成為主流，從來也不打算成為主流，要成為一支粗具規模的分流、支流、旁流，恐都不容易。主要是從有新詩以來，典範不多、連國外譯本所知亦少，不但幾乎甚至找不到幾本散文詩集，連散文詩選迄今仍未見到。

　　寫過散文詩的，才會比較注意別人散文詩是怎麼寫的，或者承認散文詩真的是詩。而且還發現散文詩比分行詩更自由、更有彈性，甚至可以長長大論大書大大抒發。有時還覺得散文詩的自由比較接近詩該有的自由，而自由到過頭了，它就又是散文了，若有一點故事或情節，也有一點像小說了。

　　這樣說來，散文詩像是散文質、詩質和其自由度的測試，散文詩同時具有散文的自由（是邏輯性的嗎？）和詩的自由（是神話性的嗎？），當詩的神話性全然失去時，詩質歸於零，只剩下了散文的自由，此時完全是散文。而當詩的神話性極度發揮時，常常句與句可以互換、這一節與下一節可互換，詩味仍存，這是分行詩較易做到，散文詩（或分段詩）就難以達至。散文詩則左攻右打，游走其中，在很大的範圍中侵散文權、掠詩之地、乃至奪小說之土，可以試驗的空間著實很大。

　　散文詩在形式上以散文中小品的面貌出現，常人看完感覺不出詩味，還以為讀的是一篇精采的小品散文、乃至小小說，後者應該叫小說詩嗎？如此散文詩更正確一點說，它的範疇是

更大的，經常是站在散文、小說、詩等三者的「三不管地帶」、或者「三要管地帶」，它是「模糊的金三角」，看像是杵在或游移在「三國」之間，卻是妾身不明的，只能以散文詩呼之。

這時代什麼都走向Ｍ型化，財產不是極散赤（窮）就是富可敵國、企業不是跨國就是一人工作室、天氣不是極凍就是極熱。連文體都不例外，不是連幾冊的大河小說就是僅數百乃至數十字的微小說，散文不是同主題寫一整本就是小品當道，詩不是長到數千行乃至上萬行、要不即輕薄短小僅一至三五行。如此總有「輕薄」的一端符應了智慧行動裝置的需求，而長的一端則像是對此需求的抵抗。

位於「模糊的金三角」的散文詩大半多是只寫一頁，自然符應了「輕薄」的一端，不只介在散文、與詩的兩者之間，更是游移在散文、小說、詩三者之間，取出它們的精華，自煉修行，有朝可成精，無以名之，暫名之散文詩。也說不定有機會流行，比如有心人出個幾十本散文詩系列及賞析集、開個研討會、設個常態散文詩獎、架設徵稿散文詩網等等。有誰願意跳出來？請喊「有！」

流動的臉

　　沒有固定的臉，從出生就不知自己確切的模樣，我的速度即是雲的速度。日月山說從我臉上可以看到他自己，巴燕峽、棵馬隆峽、和老鴉峽也這樣說，金剛崖寺的塔尖倒在我臉上只不過一千年罷了。

　　昨日來過的藏女又到我臉頰邊來照亮她自己了，她的祖母也是，她祖母的祖母也是。犛牛們也來啃我的臉了，我突然由一雙牠們的眼珠子看到自己的一點點影子，真的只有芝麻般一點點臉皮，不斷閃動的一點點臉皮，我真的沒有固定的臉嗎？

　　我也想去藏民們口中的塔兒寺匍匐參拜，叩頭十萬次，雖然他比我年輕太多太多了，我，應該有幾千還是幾萬年那麼老了吧。但即使我把我自己撞得鼻青臉腫，從額頭到臉頰到下巴拉長了幾百公里那麼遠，甚至變形到不行，依然無法看見他的大小金頂。

　　匍匐去參拜了一年的老藏民回來了，蹲在我身邊，用我的臉來洗他的臉，我跳躍著流過他的眼睛，終於也看到，他眼珠中還沒熄滅的大小金頂。

　　我滿足地放他離去，繼續以雲的速度向遠方奔去，繼續流動我的臉，成為一條在風中漂泊的哈達。

　　我沒有固定的臉。我是湟水。

　　註：湟水，在青海省境內，黃河上游最大的一條支流。

不枯之井

城市傾毀，最後守城的那名士兵不肯
投降，臥死一角，正被禿鷲啄食，旗
偃，鼓熄，僅掠城者的腳印排隊出城

大雨來臨，夾雜那名士兵衝殺的回聲
一滴一滴，滴入枯死多年之井。夜晚
滿月臨井自照，終歲殘破之臉終得完
滿的結局

荒煙蔓草淹沒的廢墟中，無人得知暗
藏的不枯之井

多巴胺

姬並不知道，牠到底住在她的身上，還是那男人的身上。那男人才伸出手，姬就止不住地顫抖，就把那只手狠狠抓住，從此收進抽屜裡去了。沒事時就拿出來欣賞，那長了很多毛的手，好像一隻小野狐，會鑽到姬的心裡去。

而好友在手機裡警告她：這樣的手最多只宜收藏三十個月，此後就慢慢聞不到狐騷味了。

姬從此焦慮不安，打開抽屜又馬上關上抽屜，但狐騷味卻日日從她的鼻口或耳孔冒出來。到後來，甚至在想起抽屜時，就看到一隻小野狐從腦後杓鑽出來咬住她耳朵說：「喂，我住在妳腦核裡啦，不是妳跟他，是我跟妳啦！」

姬住院了，院方派人去她住處檢查她的「抽屜」，只找到一張畫，貼在牆上：木桌，抽屜拉開，正往地下掉出一些毛。

散文詩教主
——歪公商禽

1973 年仲夏那個早晨，你坐在台階上，一坐近四十年，而台階下眾小子滾動的眼珠正發動引擎，呼嘯一聲四面八方去了。之後無一不落在山下那面大網中，到今天還沒有自夢或者黎明中醒來。

到了中午，你的話語才環佩玉珠般的自台階上滾了下來，那時還沒有人知道什麼是三星堆，而你正比畫著僰人後代外星族群縱目大耳才有的歪想歪理，你的眼珠子像戴了金質面具那麼凸，你滔滔地說著古文明早已消失的銀亮底咒語。

到了黃昏，我們這才終於聽懂了台階下方潺潺滾滾的流水聲，也才明白三千里路雲和月不能不用腳思想的玄祕，只因你的頭腦奔突的基因是古國你搆不到的懸棺，是金沙遺址你攔不住的萬頭大象衝闖出的祕圖。

原來，懸棺和祕圖是屬於教主的，而教主是屬於黑夜的，而黑夜是屬於逃亡的天空和遙遠的催眠的。

註：第一次見到商禽（外號「歪公」）是參加 1973 年夏天的復興文藝營，於銘傳的山上。他的凸眼與特殊思維方式與其或是四川三星堆及金沙遺址的後裔（僰（音博）人？）有關。

台語詩
目睭金金

田蛤仔圍著我耳孔 e 水池，呱呱呱叫了歸晚。一隻貓仔跳上我額頭，像嬰仔喵——嗚——地哮。歸陣奧托麥騎上我個尻脊板，從頭鬃輾到腳尾。月娘也睏嗼去，看我躺在眠床上，目睭金金

少年時沒記講 e 幾句話，在我頭殼的碰孔內，歸陣弄過來，歸陣弄過去。我只好將它寫入詩，印在書上，放在街頭巷尾 e 書店內，目睭金金，等汝來，將我打開，用這首詩，和汝相抵

嗨，汝好，幾十年嘸看見 e，汝——金金 e 目睭

註：
1. 目睭金金（閩南語）：目睭，眼睛；金金，睜著眼，亦有亮的意思。
2. 田蛤仔：青蛙。
3. 歸晚：整晚。
4. 歸陣奧托麥：整群摩托車。
5. 尻脊板：背脊。
6. 頭鬃：頭髮。
7. 碰孔：孔道、隧道。
8. 歸陣弄過來：整群撞過來。
9. 相抵：相遇。
10. 嘸看見 e：沒看見的。e，代表「的」字的諧音。

鈉

　　我是鹹的，我在每一顆鹽裡，我是滑溜的，我在每一絲肥皂裡，我是爽口的，我在每一滴運動飲料裡，我在硝石中，我在蘇打裡，我進入你的血液及細胞，協助你神經、心臟、肌肉的調節運作，我的存在或多寡左右著你，無精打采？思考遲鈍？抽搐、神志不清？昏迷甚至死亡？那的確是我，但那都不是我，少一點才是，或多一點才是，我與大多數元素都合作愉快，但我必須出神或游離，我必須變身才能無所不在，我必須不是我，我才能進入一切之中。

　　其實我是質地軟柔的金屬，用普通餐刀就可以切割，銀白色，輕、蠟狀，極具伸展性，但世上除了極少數的化學家，有誰看過真正的我呢，當被人以鉗子從煤油中夾出來，沒人知道我很活潑，在空氣中劈里叭啦，快速燃燒，發出黃色火焰，和水才觸碰即起爆炸反應，產生高溫，熔自己成一個銀白色圓球在水面高速移動，並不斷釋放氫氣！這一切早就被破解，寫入方程式中，卻依舊是使我驚訝的旅程，此時，我不知我在我之中，還是我在我之外。

人人心中有座禁閉室

退伍前三天，那座禁閉室大叫了一聲，一個下士，一個大學生，一塊媽媽心頭之肉，轟的一響，摔碎在地上，幾幾乎像一秒鐘的大地震，把真相摔成幾百塊碎片，每片都反映著禁閉室有稜有角幽閉冷酷的面貌。

幾幾乎有二十五萬人以一天的時間湧進這間禁閉室，擠進每塊碎片中、擠入監視器昏暗的鏡頭中去查看真相。雖然真相早已爬出了禁閉室，二十五萬人仍然同時打開智慧型手機，用網路吐出白色之絲，纏繞這座禁閉室，「這其中一定可以孵化出什麼吧？」沒有人願意離開這座「禁閉室之母」。

結果出來了：「禁閉室之母」早就下了無數顆蛋，孵出了數不盡的禁閉室！孵在調查員心中，他以檔案操死了真相；孵在民代心中，他以權術操死了法案；孵在領導人心中，他以低民調操肥了左右官員，操老了自己。

而孵化在我們心中的禁閉室，豈不正想方設法操胖操傻操癡操貪操醜操皺我們？操成盲目之人操成無聊之人操成性冷感之人？所有或大或小禁閉室內外之監視器無不持續運轉，繼續以老眼昏花的鏡頭監視著，從未遭到移動、遮蔽和破壞。

靈歌

靈歌，本名林智敏，1951 年生。

吹鼓吹詩論壇副站長，野薑花詩社副社長，創世紀、乾坤詩社同仁，2017 吳濁流文學獎新詩正獎、曾獲洪建全兒童文學獎。作品選入《2016 台灣詩選》《2015 台灣詩選》（二魚文化）、《水墨與詩對酌》、《小詩，隨身帖》、《水墨無為畫本》、《台灣現代詩手抄本》（張默主編）。著有《漂流的透明書》、《夢在飛翔》、《雪色森林》、《靈歌短詩選》（中英對照）等詩集。

陳舜仁／攝

詩觀

　　以素樸的文字，書寫深刻人生，讓詩呈現多種風貌。每天殺死昨日的自己，每一天都是全新重生。

　　「不同的人讀，能有多種解讀，且各有邏輯與推論，讀後讚歎，真是好詩！」。是我追求的目標，希望自己的作品，能讓讀者想多讀幾遍，每一遍都有更深的體會及留下浩邈的餘韻。

散文詩本質是詩而非散文

　　「散文詩」既然稱為詩，結構語言，意象轉折餘韻，都要是詩而非散文。並非「分段不分行就是詩」。重點在於，散文一般都較明朗，雖然好的散文中也有詩的句子，但整篇文章讀下來，散文的比重還是很高。

　　而散文詩不同，雖然語言結構上較詩鬆了些，但還是有大部分凝鍊的語詞，且最重要的，散文讀完，還縈繞不去的沉思餘韻，較淡，頂多只有某些段落。但散文詩讀完，覺得還有深意在，甚至每一行或每一句，都有隱藏。藏而不白，縈繞不斷，吸引讀者想再深入地讀幾遍，每讀一遍，就有新發現的驚喜。甚至，和詩友討論，每個人的感觸與解讀也不盡相同，讀到心癢處，豁然解開時，甚至拍案驚奇歡欣無比，這才是散文詩具備，而散文缺乏的文字魔力。有些散文詩，還藏著這首詩要跟讀者說些什麼，人生的領悟，人世的冷暖，詩題的言外深意，甚或講究音韻節奏，也是散文詩的一大特色。

　　當然，這也只是我個人接觸所得，一點點自己的看法而已。

靜到突然

　　坐在面對自己的座位，身後的窗外有人影晃動。猜想，有人趕著回家，有人出門運動。不早不晚的時刻，終於到了悠閒穿越急迫的歲數，即使偶而想起，竟有些遲。

　　一杯咖啡二個人喝，攪拌過的黑水是深潭也是井，像我荒廢許久的眼睛。你啜了一口，我喝掉飄起的煙，默默對視，靜靜穿越彼此。

　　這樣安靜的時刻，在你剛剛久病之後，窗簾驅逐黑暗，迎進久違的陽光，卻令我畏懼。而你依然不動，只是直直地瞪著我。

　　好像，我看你的樣子。

脫身

　　我從一個房間，打開沉重的門，走進另一個房間，忘了哪一個門重哪一個輕。

　　推開窗，發現身處滿室陽光，想起剛剛出門時忘了帶傘。

　　那是昨夜以前，不曾有過的健忘。

三者之間

　　那些光自夜空中降下，先是一團，然後分散，一片片像白雪，碎屑的一絲絲如黑雨，黯淡。

　　你的髮你的身，白茫茫。像掙脫黑夜的黎明，卻不斷回首。他的身體融入墨色，只有光束集中才能照出隱約的線條。

　　我從他身邊超越，穿過醒與睡的邊界，發覺自己腳步老邁，握住你的手時，卻發出新生的光芒。

拼字

文字如剪紙堆疊，部首斷開不同書體，拼貼火星文。

她拿風扇吹散，再依遠近拾起排列，他卻點一根火柴沿四周燃燒，然後熄滅。

第二回相逢，他和她重組字體，一層一層往彼此的臉上張貼。

知道

　　無意中潑出一杯水，附在你我鞋底，被急速的車輪輾過，被熾熱的陽光蒸發。無色無味透明的水，被行者帶往天涯，拓印的旅程，只有鞋底知道，腳知道。路面吞下的，太陽吸光的，都被隨後路過的風散播，流言膨脹，所有經過的村落也都知道。

　　他們知道的，和聽到的，都有些一樣，有些不一樣。一樣的發芽，卻長出不同的花。只有空氣，同樣被來往指點擁擠的人群吐納。

那女子

送他進醫院的那一天，像接他回家的心情。晴天出門遇雨，閃神錯過登機，擦肩憶起的那人，回首已無痕跡。日子在悔恨中澆灌成長，曾經借拉拔而斷根的手段，枯萎在夢中驚醒的狂喊。

一個人，偷偷拉住一個人。一個人，又明白推開另一個人。走不出的旋轉門夾傷來不及縮回的手指，內心裡骨折包紮皮肉的黑青，綠燈忘了舉步，被迎面亮起的紅燈狠狠撞飛。

日子在陸沉中高舉雙手，只有退潮才看得清深深淺淺的腳印。

漲潮時離開，現在回來。送他進醫院的那天陽光耀眼，將自己剝光露出一身汗黑，電梯按鈕如同病房門把一般的髒。

將他洗淨，帶回家。把髒汗的自己，留在地下室的太平間。

代表字

　　他們掛滿街頭的抗議布條，都是去年與前年的代表字，島嶼不斷吞下處方箋，抗生素敵不過下水道的老鼠，不見光的繁衍。

　　上半年，禽流感在2017的急診室蔓延，樓上的頭等病房，繼續打出雙手一攤的牌，接回整院擴散的病毒。悄悄出院，躲在陰天的窗外偷偷拉拔，新芽的風和日麗，偽裝長大，卻曬不乾你我雨水的身體。

　　我們拒絕豐衣足食的療養院，只想在一灘死水裡，飛出手中的石頭，連續水漂，只想在不斷崩塌的高塔，掃清灘頭，建立自己的碉堡。

　　你給的顏料太多，我們怎麼畫，都無法融合，那些腥羶的顏色，只能不斷寄回給你，一串串不著地的，凌空飛舞的代表字。

王羅蜜多

王羅蜜多，1951 年生，本名王永成，南華大學宗教學碩士。曾任台南縣政府課長、戶政事務所主任。曾獲 2014、2016 生原家電閱讀空氣詩獎，2015 台文戰線現代詩首獎，2015教育部閩客文學獎社會組散文首獎，入選 2015 台灣詩選等。已出版詩集《問路：用一首詩》、《颱風意識流：新聞詩集》、《夢與飛行詩畫集》。臉書：https://www.facebook.com/mito.wanrow。

詩觀

　　有詩的情懷，有詩的情境，有詩的技巧，於是詩來了。強寫的詩，像做工，裝扮的詩人，扭捏作態，自己無感，別人也無感。

散步・散心・散文・詩

家附近的湖邊道，繞行一次約一小時。常散步的地方。

我愛在自由步行中，讓思緒到處飛颺，幾乎上口的話語，可能就在周遭，也可能在千里外。

散步之後經常會寫下短文，或散文，或分行詩，或散文詩。不過，這是使用習常的文類認定。我總覺得文類是後設的，早先只是發之於心，並未分類，後來愈分愈多。而且現在人文類相混的情況愈來愈常見，有些文章很難分類，就像是美術創作的相互混搭，綜合媒材，以至於統稱視覺藝術。

我不會刻意去寫一首「散文詩」，就像古人用毛筆寫一封信，一篇蘭亭集序，並不會說他現在要寫一件「書法」作品。

通常是在寫作中，繆思往分行詩走，往散文詩走，或往散文走，就看因緣際會。或且，別人寫出的詩性貧乏的散文，但自稱是「散文詩」，甚至把「散文」集冊，書名註上散文詩，我會一笑置之，就隨他高興吧！

其實，我也看過散文詩名家，一篇兩千多字的散文，就放在散文詩集中。不過，細讀之後，發現他的詩人情懷，幾近無厘頭的舉止，不斷流露在長篇敘述中。這是不是詩？恐怕不能單純以意象、隱喻、凝鍊等詩質來論斷之。

最近幾年來，我寫出來的詩文，會很快放在臉書上，連同散步中所拍攝的「有感」景象。至於文字的細緻斟酌，或大幅修改，或通篇改寫，是以後的事了。

寫詩，是輕鬆又嚴肅的事，但並非隨便或嚴重的事。散步，散心，寫散文或詩或散文詩，暢心暢神，生命中的大事啊，何樂而不為？

華語篇
洗衣機

　　每次凝視洗衣機，就有坐進去的衝動。

　　看哪，她浸泡，洗滌，脫水一次完成，多麼嫵媚迷人。

　　今夜，我終於果敢坐進來，醺醺然，飄飄然，隨之震盪旋轉。

　　曲終時，洗衣機與我都潔淨了，所有折磨、傷痛與未竟的夢想，一次完成。

洗車

　　洪水前，我收回所有觸角，緊緊蜷縮在透明的括弧裡。神提著一串不定形意象經過，那淋漓的體液流淌著，空檔啊，生死間的刪節……

　　漂浮的隱喻像來世母胎，讓我暈眩，疲憊的逗點沉沉睡去。夢裡，神以唇語唸出歧義的接生詞，在外拍打。

　　再度伸出的觸角是一聲長嘆！我發現幾個遠古文字隱隱約約的，推開破折，準備重新來過。

午夜的翻譯機

晚安曲後，夜更不安了。眾聲喧譁，盡是來自外邦的語言。我張口滑舌，和著跳動的光點，陸續吞下幾千種。

突然，發覺自己變成一部翻譯機。蟑螂／輸入，蚱蜢／輸入，蠍子／輸入，蚊子／輸入，Enter，Enter，凡求我的，必獲得滿足。

直到凌晨，有妙齡生物無意中輸入／年輕的戀情。我結結巴巴許久，發出機械性的嘶聲，當機了。因為記憶體裡早已遺失那些騷舌的語詞。

鳥仔

　　幾若冬囉，目尾附近的小山崙有一个斑。逐時照鏡，伊會掠我金金相，親像欲講啥。

　　有一工看伊憂頭結面，雄雄想著，一定是屈甲真鬱卒啦！我就共伊畫一副翅股，「去！放你自由飛矣！」

　　無疑悟伊日時毋出門，暗時颺颺飛。有時飛上天庭，有時捽過目睭，有時閣來歇佇喙角，踅踅唸。閣較魯的是，有時會徛佇鼻頭，予我鳥屎面。

　　擋袂牢啦！因為一再警告，也是無路用，趁伊咧睏我緊去找醫生。

　　這个醫生真高明，用鳥擗仔擗三下，伊就死死昏昏去矣！醫生閣予我麻醉藥，講一日抹兩屆，才袂閣活起來。

　　為啥物，下暗紲睏袂去。是咧懷念我的鳥仔嗎？啊，我青春的鳥仔，一去不復回！

大腸鏡

照大腸鏡了後，一直感覺腹肚內有一面鏡，致使我每講一句話，做一個動作，攏真無自在。為按呢，規工悶悶不樂。

這面鏡，敢是位腹肚照到胃，同時透過肝膽，反射到內心？不過我的腸仔彎彎越越，可能也沒遐爾仔容易吧！重點應該是，醫生有佇腸仔內刮去一寡疑問，牽聯到生活態度佮生命意義的問題。

下晡去散步，鳳凰樹已經真少落紅了，但是真濟長長黑黑的物件落甲規土跤。這是腸仔嗎？若是，應該屬嘴通尻川彼種，若按呢，照大腸鏡就毋免伸遐長，佇喉口就會使得。

我攑頭裝出哲人的表情看向樹尾，哎，鳳凰是一種直腸的吉祥鳥，毋閣足久就絕種了。

皺皮水雞

　　一路行來，真濟所在有大粒石頭，頂面刻古早詩。前幾首看起袜穩，毋擱橋邊這首，敢若有一點仔油。我講完，日頭就落山了，古早的詩人也跳入水底，無影無踪。

　　吊橋面頂有一寡人咧翕相，按下快門的時陣，情意閃閃熾熾。我這個不解風情的遊客，只好將您的笑聲收入書包內，回轉去寂寞的所在。彼的所在，有一隻皺皮水雞佇古井外，嘆嘆跳。

夢洩

　　無法度共日頭釣起來的時陣，我心頭霹噗跳，吊佇橋頭。也只好離開心頭，將肩頭藏入水底，走揣茫茫的他鄉外里。

　　拄才釣起擱放落的紅新娘，一尾一尾變做美人，頭頂攏插一枝金黃色的阿勃勒。這是什麼款的所在？看起來毋是龍宮，亦無蝦兵蝦將。

　　講到紅新娘，本是我統愛呷的魚仔，為什麼會將伊放生，我也想無。而且，這時陣阿勃勒攏謝去了，為什麼您擱有遐濟花蕊？

　　我擱向前行，來到一個油燈閃熠的闊曠房間，四爿有真懸的壁堵，面頂畫著我的過去佮未來。壁頂一面小窗，無鎖，貼單寫紅字「禁止開」。毋擱愈禁愈想欲開，這是人的天性。我出手一下就拍開，啊……

　　一陣強烈的日頭光流洩入來。原來，已經天光了。

劉克襄

　　劉克襄，喜愛與山林為伍，常參與社區農事活動。二十一歲出版詩集《河下游》迄今、共有《小鼯鼠的看法》、《最美麗的時候》、《巡山》等七本，另有散文、小說和自然報導等文學創作三十餘部。散文詩多集中在《小鼯鼠的看法》和《最美麗的時候》兩冊。

詩觀

以自然為師。

美麗小世界

　　有一天，在圖書館朦朧昏暗的光線下，當我躋身於空間狹長而清冷的書架間，想要從某些動植物的學名，確定它們的身世時，意外地觸及了不少西方人在台灣的旅行報告文獻。雖然文獻裡講的都是福爾摩沙，我卻彷彿進入異國的世界旅行，好比小說家奈波爾回訪印度時的既疏離又親切。經過一些時日的翻讀，更清楚地湧現一層具體的複雜體驗。我清楚了然明確知道，自己飄航於台灣史的書海裡，抵達了某一座島嶼。另一個台灣，一個我不曾相識卻熟悉的家鄉。

　　那是個很奧妙而新鮮的接觸，開啟了自己另一個知識生活的情境。在這個小小的封閉世界裡，創作有了一個更大的啟蒙。更早時從事鳥類生態保護，以及書寫政治詩時的激越，突然間和自己斷裂了。現代地理探險和動物行為學的磅礴知識，如海潮定時湧來，撫慰我那投身因生態保育運動不順遂的茫然心靈。當我有機會再提筆興詩時，詩和自然的關係遠比過去更加親切，進入綿密而貼心的互動。

　　只是新詩斷行的果決和驚奇，竟遠超乎我所能承受的負荷。在形式和文意的表達上，此時的我，是趨於保守和猶疑的。散文的拘謹描述，似乎更能貼近我欲追求的情境。有回正巧讀及魯迅的《野草》集子，對詩意濃烈的散文更加鍾愛。於是，以精鍊的散文詩呈現，遂悄悄地成為寄託的方式，進而成為一種習慣。

　　過去，散文詩的書寫者並不乏人。但在新詩的體例裡，散文詩並非主流，殊少學者和創作者詮釋散文詩的表現形式。每位散文詩的創作者，應該都有自己的定義和書寫時的意圖，卻

也不曾形成一個可能而多元的論述共識。

我卻私自以為,「散文」的敘述功能,大抵是散文詩的主調。只是這「散文」飽含短小的奧義,透過微妙地稀釋、迂迴,再不經意地淬鍊,遂有了新的形貌。

散文詩所欲架構的意象、鋪陳的義理,若全然似新詩既有的分行,有時過於強勢、粗暴,偶而也難以完整地呈現,或者明確地支撐。連節奏都有相似的困境。散文詩的音韻較少出現切割、跳躍的緊張和迫切。它在紮實地旋律裡,小心地一氣呵成;或者,形成一堅固之曲譜篇章。但相對地,它也容易喪失了留白、停格、圖像等多種美學表達的機會。散文詩形式之不彰,不若新詩和古典詩詞的徹底斷裂,想必這是重要關鍵。

再細論之,單純而舒緩,大抵是散文詩的律動。多數散文詩的起頭,善於以鬆散、漫行起頭;結尾則慣以驚心、寂然收場。俳句的拘謹,新詩的叛逆,都能瞥見身影。散文詩是禪,亦是道。創作者亦必須了然。過去習於此一書寫者,意念多為詩壇之怪異者。習慣了散文詩之表達,對新詩的分行,多少有些疏離,甚至有著小小的背叛之快樂。我在書寫時,屢屢想突破此一規範,卻也常耽溺於此一美麗小世界的形式。

年輕時,很高興找到散文詩的形式,做為一個階段性創作的探索出口,並循此一形式守舊的規格,表達自己此一階段和自然的關係。晚近回味,依舊充滿輕淺的愉悅。一個詩人能有機會以散文詩,探尋詩的出路,未必是找對了方向。但這過程,帶來更多抽離詩壇時空,更多清楚冷凝的機會……

——摘錄自《小鼯鼠的看法》(晨星,2017)三版序

秋天的大地

　　學童背著苛重的書包，穿過一棟棟城市的騎樓。不知道這個季節開著什麼花？不知道山裡是否有水獺？他們的鞋沾過很少的泥土。

　　雉雞在前方的秋天天空奔竄。十二歲的我，一雙泥濘的腳，提著釣桿，穿過芒草林，向一口深井喊叫，貼著鐵軌傾聽，想獲得一些只有自己知道的聲音。

　　那時，一群婦孺跟在棺木後，走過田埂。我跑去問村裡的瞎子，當我進入天國，留下的世界怎麼辦？

　　我們不停地出生，不停地做夢，不停地死亡。

　　鐵灰的河流向鐵灰的海，銅黃的地生出銅黃的樹。

　　許多的不安乾枯成路旁的野莧，許多的愉悅怒放為滿山的野薑花。

　　坐在支線的火車上，前往一個不繁華的小鎮。這個島的每個野鎮都在消失，所有的事情都在改變，包括童年；但我已拒絕為現在修正過去。我把它寄存在異域，把頭埋進雙手，因悲苦而寡歡，因孤獨而啜泣。

水族箱

　　還未進入阿嬤的小屋，陰暗的走廊已飄來燭香。

　　這是小時走過最長的甬道，理性和勇氣都不能負載。神祕而詭異的味道，沒有秩序、模糊、不可掌握，彷彿來自另一個世界，來自廟寺、神龕背後，和知識、邏輯、上學時明亮多窗的教室截然無關。

　　我泅泳如一尾不安的魚，長髮束成抖動的水草，吞吐著隨時爆開的氣泡。

　　那兒也充滿生命的祕密，許多看不見的東西隱聚在每個牆角、罅隙裡，在蓬勃地生長。只有盡處，潔淨的神案上，白瓷觀音泛著玉色柔光。飽亮的額下，向我墜出疏淡的長眉，微微俯視，帶著幽深難測的神情，唇角露出似若有若無的笑意。

　　我將臉貼近，迷惘地，讓香燭的煙光在眼前輝映一生。

　　一直貼著水族箱玻璃的魚啊……

狼嗥

　　一個滿月的夜晚，天空清澈無雲，地上溢滿銀光。一場新雪，全然的死寂淹過山谷後，馴鹿、土撥鼠、貓頭鷹……，整個森林都聽到了牠的長嗥。它使所有的心停止跳動，豎立起來。

　　那是荒野上最美麗最動人心魄的聲音，伴和著大地的寧謐，充滿原始表情與靈魂的揚抑。先是輕柔、急促的短嚎，然後，清楚地升達一個高昂的，滿滿的悲愴。接著，又漸次低沉，沉鬱地沒入黑暗。

　　春初將臨之際，牠在高崖上，如此孤獨反覆的嗥月，內容大約是有關繁殖、領域與獵食的問題吧！然而，習於團體生活的牠，森林裡的家族伙伴呢？
　　我聆聽著，猶如一片葉子低垂的靜止，在山平線上，在無風時，抖顫了一下。

熱帶雨林

　　在赤道與北回歸線間的一個小島旅行。潮濕而高溫的綠，在空氣中，不停地飽滿。一連五日，我們穿過雨林。沒有雪與草原，夢已失去冬眠。隊裡的鳥類學家來這兒尋找一種特有的角鴞，牠已瀕臨絕種。每當夜幕低垂，我們便模仿牠的鳴叫，但只聽見自己微弱的聲音，一去不回。當地的土著嚮導說，沒有聲音，森林就會消失。於是我又憂心的失眠了，整個晚上，竟是把臉頰貼著地球，並且伸出手臂，彎過去，緊緊抱著。

海洋之河流

　　在下個世紀，我將如罹患絕症的父親，彎著年輕時即微駝的背，乾瘦的手臂青筋浮凸，突起的顴骨面肌緊繃，兩頰也被許多的憂患拉扯，陷落下去，只剩眼睛，流露過悲凄神色，仍大而明亮。那時，他突然遠從家鄉北上，前來探訪孩子，坐了一個午茶的時間，又搭車匆匆南下。

　　這是一個反叛過自己年代的人，老是把手插在褲袋，老是望著天空。

　　海洋之河流，大陸的島嶼。

　　請還我一個每天只停一班火車的小站，一條清晨時鵪鶉母子悄悄走過的石子路。我的家在不遠的墳場旁，稻穗鋪曬在廟前的廣場。我在溪邊戲水，哼歌，聽到上面的木橋咯咯，小學教書的父親提著釣桿，永遠的走過。

自然老師

　　終於我看到那束光，緩慢流進森林。如一條無聲的溪，離開瀑布。數億顆如孢子的塵埃飄浮其間，探索著，或者無意圖的漫出。

　　他們進入森林。有一個迷戀甲蟲的孩子，繼續和我討論植物。有一個喜愛跋山涉水的少年，將會走過我去過的山巒。至於那文字如詩的女孩，一直沒有長大，還是我所鍾愛的十一歲的形容。

　　他們會遇見我的死亡，在不同的角落。也許如殘破的甲蟲殼，也可能是一株腐朽的枯木。

　　他們也會和我的出生不期然而遇，一種比嫩芽、小葉還更具體的存在的空氣。在孤獨的時候，和他們並坐。

　　他們繼續進入森林。在我如百歲海龜的軀體蠕動。煩我、困我、折磨我。一生都是我活著的問號和疑惑。

八色鳥

　　春天時，那喜愛飄浮在森林底層的靈魂悄然回來了。我感受到牠，一個潮溼而炙熱的色彩，激動而急切的肉體，集聚成相當大的力量，在整座山裡游走。

　　「鬼仔鳥！」在森林裡聽見鳴聲的閩南人形容這種鳥時，僅止於這種超乎科學、小於無知的感情。

　　夏天時，我卻常在那兒撿拾這種聲音，想要獲得一種強烈地熱帶的質感，存藏在低海拔的林子。我堅信，這種等待是所有生命本質裡共同的期盼，容納在整個林子的因果循環。那更是愛，凡生界必有之，生生不息的滋長。

　　積滿冬天氣息的落葉，結實掉落的油桐果子，或者我年輕浮躁後入定的生活，都能理解這樣的巨大情境。

　　註：註：詩作〈秋天的大地〉、〈水族箱〉、〈狼嗥〉、〈熱帶雨林〉和〈海洋之河流〉選自《小鼯鼠的看法》（晨星，2017）；詩作〈自然老師〉和〈八色鳥〉，選自《最美麗的時候》（大田，2001）。

游鍫良

　　游鍫良，1960 年生於台中大雅，大學畢業。以教授易經占卜及命理為業，也從事中醫研究。詩作散見吹《鼓吹詩論壇》詩刊、《野薑花》詩刊、《華文現代詩刊》、《乾坤詩刊》、《葡萄園詩刊》、《創世紀》詩刊、《海星》詩刊、《有荷》文學雜誌、《中國愛情詩刊》、《中國小詩苑》詩刊、《北島文學 Today》詩刊等等。現任吹鼓吹詩論壇中短詩版主，著有詩集《光的折射》。

若爾・諾爾/攝

詩觀

　　寫詩貴在真誠，當然技巧是不可缺少；多讀多寫是不二法門，風格是自我品牌的認證。寫詩要有社會觀、國際觀，關懷是詩的眼睛，眼睛會說話，世界才能更光明。

詩想多角練習

　　寫詩是快樂的出航，在這大洋裡也飄游了四十年，還愛著，不想靠岸。雖毫無大作可言，但在個人的歷程中起碼是可以自我撫慰或開懷的美事；有時將不悅偷偷注入溪河，發洩懦弱，待沉澱後再將其過濾，尋找屬於我庸俗的出口。

　　散文詩對我來說是較鮮艷的少女，在吹鼓吹詩論壇它向我招手；我抱著「臨老入花叢，不死半條命」的偽岸情操撲去。嗯！還蠻不錯的。若問我寫散文詩的動機是什麼？我也不知道，就單純的學習與書寫。詩的結構是散文詩必備的條件，而且散文詩的暗示性又更強。任何的文體都有意象及隱喻，只是在結構、經營上是屬於哪種文體來區分。

　　透過散文詩的書寫逐漸洞悉這種文體的驚艷與困難度。因此個人會驚起亂想，這樣寫到底好不好、對不對；後現代文體越來越主宰這時代的面目，離開大眾的樣貌越來越遠。如果以時代的創作來講是正常的演變，但若以長期的詩脈來看，心中就會跑出一份擔憂，詩經明白淡雅、風情充沛、唐詩依然如此綿延，徐志摩的〈再別康橋〉、〈偶然〉、鄭愁予的〈錯誤〉、〈偈〉承襲這股精湛。環觀台灣詩壇的作品與詩集的流向，詩壇蓬勃發展，但越加注重寫作技巧與晦澀意象垂釣我的眼簾，詩集購買慾望脫離大眾，成為小眾文學，銷售量就幾百本，好像在警告我們，這種寫法就你們這群人在寫。所以我憂心；而純文學的推展又不得不如此的時候，這又是必須留存的碩果與歷史回顧。唉……杞人憂天。

　　這樣的觀念也經常在詩裡遊蕩，慢慢地變成讓時間來決定。我就繼續扛著筆，蠻幹下去。散文詩的問題還是一直有人

在辯論，包括段與行的問題、是散文？是詩？渾沌的有，不明或是模糊的地帶偏多，我想是見仁見智。但應該要有較完整的條件來釐清這些爭論。

　　詩每每在對望著我，或許也會斜睨，我的電腦桌經常出現詩屑，那被揉成一團或皺的稿紙，該不會是最無辜的吧！當他有意地鑽進靈魂時，筆尖卻無法回頭多想，只能一路的狂奔而去。

錯置

　　清晨，薄霧已被風吹遠，啁啾的青鳥越過庭院，春就如此放蕩起來。

　　關節炎悄然地蓋下戳記，隨著季節浮腫。成長沒有速度可言，就在呼吸之間作疼。

　　應該還記得，精練的血液難以下放，而疾病還會隔代遺傳。難怪，火雞的笑聲這般囂張。

　　把手套戴上才能出門，不像昨夜，光著鳥就能搞上一簾幽夢。

形之難以上下

　　天花板無法忍受水族箱的水都是那麼乾淨，況且一點騷味都沒有。魚穿著鮮豔的衣衫遊走，水草搖曳的身姿也配合魚的婀娜。四季的風難以相信，這樣的棺槨竟然還有活屍。

　　壁虎丟一顆炸彈，卻浮上一艘橡皮艇，蕩漾的水紋開始炒作，諾亞方舟是靠近香格里拉的脊椎，石礫讓出一條壕溝，發現泉水汩汩浮游。

　　這才星期一，湖中的引擎就已經在幻想，女人的驚嘆剛好跨上男人的尾巴，說著莫名其妙的囈語。

奇蹟

　　一點白和著一點黑，我們就這樣處在灰色地帶。印度的聖
牛穿透印度人的心，這樣也磨合了好久。

　　我想親切的問海，流浪的詩應該用幾號鉛筆來寫；孤星染
片秋葉反覆地等待回答，海轟隆轟隆把巨大的手掩去我的奇
望。從此暗礁成為鯨魚的眼睛。

　　路上的風有時潮濕，有時乾涸。白天太陽清楚稻麥的顏
色，也會灑幾片金黃，夜晚的月亮顯得輕鬆自在地吞下熱情，
慫恿星子拋出曖昧的眼神。這條路就特別的有味道。

　　活在什麼時代好像也不是那麼重要，反正大家都一樣；除
以奇蹟式的龍頭招攬奇蹟。哪天灰色的塗料畫滿聖牛的神經，
我們也許就有空再去問海，說不定鯨魚會拋給媚眼，告訴星
星。

空巷

　　詭異的傳說充滿影子，落日後我們開始品嘗。

　　魚坐在港口堤岸垂釣一艘未回的眼睛，直到橘霞吞沒太陽。

　　等待的海水漸漸乾枯，遊蕩的雪霸占星空，我們都抽到一張鬼牌。

無一倖免

　　落葉摔傷一身瘀青，陣風翻起就離開家庭，往無名的夢走去。

　　魚，莫名地躺在宴桌上，燙傷的身軀忘了回家的路。

　　詩為我寫一篇序，關於落葉與魚的故事，最後連詩也一起掉進讀者眼中。

六角刀

鑽石的語言閃爍，放射於你的溺愛，煙花護送一堆貪婪。

貴婦的口吻還在傳頌，那蛇信已切割臉頰。

風尋找涼話，以血疊架冤靈；月光照不進寶盒，碎裂一場喜愛。

切換一朵眼睛

　　時間塞不住泛起波紋，如情緒的蚊子作響；魚輕盈的游過雲裡，似腳底寫下幾行彎曲隱喻或更多的膨脹。

　　風在夜的偏旁栽種一盆意象，101 與納骨塔是太極的陰陽，輻射出動與靜的遐想魅力。

　　春天自白雪滑過肚臍，淚流滿面都成了銀河，切換一朵眼睛。

黃里

　　黃里，本名黃正中，1961 年 12 月生，台北市萬華人，東海大學生物學研究所畢業，目前任教於國民中學。詩作曾入選 2012 卷大陸《大詩歌‧散文詩》，2015《長江詩歌》群體詩展，《世界俳句（WHA）2015、2016》，2015 北島詩人《Today‧今天》文學網站；獲 2011 第 6 屆文創獎新詩首獎，2014 後山文學獎新詩佳作，2015 後山文學獎散文佳作。2014 年底出版個人首部詩集《忐忑列車》。完整經歷 http://blog.udn.com/rainorhwang/。

詩觀

　　詩，就其為文學藝術的本質而言，必須重視表現的內在形式與深度，在兼顧完整的感受及知性批判同時，猶能藉著塑造出作者風格的生活情境，忠實地反映當下時空變遷的意義，以及看待生命的獨特角度和境界。

詩歌的沃土

　　詩歌的起源，有指出音樂性教化功能的「擊石拊石，百獸率舞」一說，人因感應自然性靈而敲擊磬石，原本兇猛的野獸，聽見諧和的節律也要跟著跳跟起舞了。反過來看，詩歌的發聲，是否也如同自然現象產生的一切音響？天地萬象運行，有無一個共通的頻調？則詩歌因外界刺激心智而震動生音，所企望達到的應該就是這種情景共融，神人合一的理想境界了。於是產生了這樣的一個問題：若我們將自古以來的文體簡易地二分成韻文與散文，相對於自然的聲響，大地之音可也有自制和抒放之別？其間或許存在的是更多序亂夾雜、明暗並陳的吟哦。

　　散文詩，如同大多數人可能望文生義的印象，簡單地說，就是以散文的文體寫詩的文類。這樣，所有的疑慮不就解決了？然而，就像所有曾經發生過的文學爭議和後人的澄清，其間不經意流露的，是另外一份意想不到的，懸而難決的詩意。以散文寫詩，原本就容易使人以分化的眼光看待散文詩，而單就「什麼是詩？」這個問題，已然莫衷一是，如今再摻入「什麼是散文？」，企圖統整說明「什麼是散文詩？」，也許總是先考量必要性的成立。蘇紹連就曾在《散文詩自白書》的自序中說到：「讓它（散文詩）的發展寬廣，而不要讓它狹窄。」

　　近半個世紀前（1972），當楊牧於《文學的源流》裡揭示：「優秀的現代散文有一項特質，是西洋文學和古代散文幾乎夢想不到的，它能『化有為無』，也能『無中生有』。所謂『化有為無』是把一件本來相當重要的事，在行文的轉化中，不了了之，好像什麼都沒有了，然而卻餘味無窮。」，既已賦

予了散文，此一他後來（1981）口中之「中國文學裡顯著而重要的一種類型」，詩意的表徵與特質。而稍早之前（1976），楊牧更帶著先知指引的精神，預言了「三十年後的文學」特徵是：文類混淆，明朗寬厚，獨立自由。今日由這些理念來看，前人已為華文書寫闢建了相當肥沃與開闊的茁長空間。

滂沱大雨中的老人

　　滂沱大雨中的老人，在自家門口背對著驚濤駭浪的窄街，屈膝靜坐。淺短屋簷下的老人，背對著萬馬奔騰的水瀑，聽不見雨聲，他只是注視著如鏡的玻璃落地門。鏡中張大著嘴的我，從他仍然保持乾燥如沙漠中的龜背後，躡手躡腳地，走過。

　　雨水洶湧成河，河裡有童年，有被戰爭炸碎的青春，翻山越嶺的饑寒，掛在屋內的幾張肖像。靜坐於滂沱大雨中的老人，聽不見雨聲。他的眼像屋內的宇宙那般黑暗，吞噬了老人白髮、白色眼球，和白色牙齒的黑暗宇宙，睜大了兩盞神明燈的紅眸，將微弱的氣息、布滿黑斑的皺垮四肢、在風中輕飄的薄衫，及兩隻磨析出年輪的木屐，慢慢地，吐出……。

　　我穿著金黃色雨衣從屋簷下的水瀑旁走過，胸口躺著一張火車回程票，背包裝著昨日的舊報紙，捲摺的褲管露出白皙的腿腹。我張大著嘴偷偷地穿過水瀑，穿過老人仍然保持乾燥如沙漠中的龜背，鑽進了屋內……。

完美的下午

　　細胞分裂在什麼時候？六女二男有高有矮有胖有瘦歡呼尖叫地在公園裡追跳。樹上蟬鳴與五色鳥敲木魚聲。電風扇吹著電腦旁的購物清單吹著包裹著口香糖殘渣的衛生紙吹著一個癱躺的人形。這個人因寫完一首甚感滿意的長詩後好似完成了一項什麼艱鉅的指派任務般覺得可以暫時心安理得地什麼事都不想做地就只想癱躺在那裡讀詩。其實也不怎麼想讀詩只是順著睡姿隨手打開一本詩集。完了。就這樣殺死了他的這個完美的下午。細胞分裂原本在那個時候。六女二男中之一女長髮烏亮披著堅挺的背微凸的雙胸尚待圓滿的臀。她拿著相機在幫其他人照相。在那個時候這個人相信。於蟬鳴與五色鳥敲木魚聲電風扇嗡嗡作響地幫助著什麼隱形的流質正在流動正在公平地塗抹著每一樣物件好讓它們看似一切擺設與平常無異其實正理由充分地構成了某種足以讓一個癱躺的人感到有某種生物正在他的體內──攪動。

或該被歸咎的姿態

　　浩瀚的宇宙中他在哪裡？他的歷史該如何說起？遙遠地，那麼渺小的人，他抬起一隻手，指著一個方向，像是正在卜占著一件事。

　　用他寫下的文字，用他說過的話語。他的存在之明確賴以相信當可賦予無法透澈認知的時空意義如緊緊抓住救生圈般持續地浮沉的那個工具，一張方形小嘴。

　　形狀善變的影，漫不經心地能讓萬物，躺下。

　　──那身形高大的老者與他的妻子，陪伴另一對更顯龍鍾佝僂的老夫婦，天光微亮時正欲穿越馬路，緩慢地，到自行車步道上散步。我意識到那老者的站立，魁梧的軀體和白髮蒼髯，啊！是生命不願倒下的勇者，或是，該被歸咎的姿態？

蓮想

　　一層細砂。幾個月過去了，大玻璃缸底靜置的仍是一片荒涼的可能。

　　一層腐植土。幾個星期過去了，砂上有殘雲有鳥聲，有花落有枯枝，拌雜的無言。

　　蓮修長的白色鬚根被平展在無言上。

　　一層紅土。幾天過去了，混濁的水位終於淹沒如指的花苞。

　　在其旁，我時而看書，時而寫詩，時而注視從缸底緩慢浮升的小氣泡，想像幾年後的清澈。

一半枯葉

一片秋天枯黃的落葉，隨著凜冽的冷風，
掉入一朵盛開的紫色睡蓮中，晨陽正奮力昇起。

落葉問：「為何我會在這裡？」
睡蓮沉默，如指的花瓣伸展得更平整，日光強烈照耀。

落葉再問：「我該如何才能像妳這般美麗？」
睡蓮安靜，香氣吐露得更濃郁，太陽聞到也為之陶醉不
已。

落葉又問：「我要如何才能回到樹上？」夕日剛好下山。
睡蓮無語，將所有的手指合起，
露出一半枯葉，好像正在慢慢地咀嚼它。

黑色腳踏車

　　在小鎮輝煌的街燈下，身影時隱時現。我走過一株含苞眾多的曇花，矮牆上盛放的使君子，看見小鎮橙亮的道路盡頭，一輛疑似被青少年遺棄的黑色腳踏車。我情不自禁地按壓一下前面輪胎，小鎮上方的夜空凹陷了一些。

　　在小鎮闃靜的窄巷中，摩托車咆哮揚長而去。我走過複葉緊閉的粉撲合歡，白榕落果聲此起彼落，又看見小鎮黝暗的樹林旁，那一輛毀壞的黑色腳踏車。我仍然好奇地按壓一下後面輪胎，聽到小鎮輕微地嘆息了一聲。

　　在小鎮沉睡的深夜裡，巡邏車紅藍燈閃爍在臉上。我走過三個自動販賣飲水的機器人，一間門窗敞開的老人療養院，依舊看見那一輛側頭獨自站立的黑色腳踏車。當我確認鍊條已從鋸齒輪盤脫落時，想像著眾多曇花凋萎的景象。

我只點了一杯卡布奇諾

　　服務生放下手裡的拖把拿著牛奶杯在咖啡上拉出了多層次的愛心圖案後，我找到一處大形落地透明玻璃窗旁的雙人座位置，以黑色鴨舌帽占據了另一張椅子，那黑帽頂部塌陷安靜地坐在我對面造型高雅的大紅軟椅中央。其後是一名陌生男子棕熊般壯碩的背影，他正和一名黑色褲襪緊繃著兩隻粗短大腿的女人侃侃而談；女人白晰臃腫的姣美臉龐一條一條地將油亮滑膩的金黃色薯條送入塗滿嫣潤口紅的厚唇小嘴裡咀嚼。事實上是兩個這樣留著烏黑長髮的女子，一個顯影在大形落地透明坡璃窗上，同步與真實的女子以同樣的表情做著同樣的動作。一輛怠速中排放著黑煙的大貨車將一箱一箱裝著免洗湯匙叉子紙杯紙碗的大紙箱堆放在窗外逐漸將街景的視野一塊一塊地侵蝕遮蔽，室內服務生頻頻吶喊著歡迎光臨，耳際不斷縈繞著恭喜啊恭喜發啊發大財的歌曲。我的一位遠住英國曼徹斯特久別三十六年未見面的同學，以即時訊息告知我，他罹患癌症已四年為他生了一個小兒子的第二任中國籍妻子這個時間下午兩點整，剛剛過世。

　　我只點了一杯卡布奇諾。

若爾・諾爾

美國華裔，企管行銷與市場博士，除了詩學創作，也熱衷於英譯漢詩，曾獲文學獎若干，現居美國俄亥俄。

詩觀

　　寫詩就如盪鞦韆，最重要是腳落地時，如何往下踩，把身子推向另一個高峰。

犄里旮旯的奧祕

我一直深信，寫散文詩的人是無比幸運的。不論創作的理由是什麼，他們涉入一般人認為是矛盾的組合、詭異之地，莫渝形容為曖昧的一個文體裡，勇於下筆，在一個獨特的領域裡享受寫詩的樂趣。

某些詩人把散文詩指為「高不成，低不就」、「非驢非馬」的創作形式，好像散文詩就處在一個被分析癱瘓了的地方，正襟危坐，說什麼都不對。因此，寫散文詩的人自然也有心理負擔，嚴重說法是在新詩領域很不討喜。還好，願意嘗試的人就會想辦法擺脫各類議論，再說詩人向來我行我素，置身於今日眾聲喧譁卻又什麼也聽不清楚的時代，小說家何致和說書寫是為了抵抗，提升技藝包裝好字句是為了增加音量。在抵抗中，散文詩詩人得到了自由，他們找到一個分行詩外，更寬闊的空間，一個肥沃卻沒有很多人耕耘的地方。

於是，我就這樣走入散文詩。我在「吹鼓吹詩論壇」散文詩版擔任版主的那些年，有機會接觸各種不同手法的散文詩，值版時無法不認真去研究。從個人的閱讀感來下定義的話，我認為大部分西方的散文詩結構與內容較接近極短篇和小品文。相比下東方的作品比較簡鍊，不過大陸和台灣的散文詩在風格上有極大的差異。一般來說，大陸的散文詩採取抒情筆墨，而台灣主流則注重劇情和故事性，多層面隱喻之承轉。我以這籠統的劃分法來幫助自己學習，詩人和學者自有他們的看法，我們也無需執著於怎樣去分門別類。望著這片只有少數詩人立足的文土，我躍入散文詩的犄里旮旯，力求新的演繹方式。

義大利著名畫家達文西有這麼一句經典語錄：「你只要嘗

試過飛，日後走路時也會仰望天空，因為那是你曾經到過，並
渴望回去的地方。」這正好形容我寫散文詩的日子，這犄里兒
旮的奧祕，又豈是閱讀就可以滿足的？

腹語

　　一隻魚壓低抬起的目光，從池邊遊過來盤算我的心事。那時我正用一個瓶子，伏身裝下水的腹語，準備說給魚聽，想把這裡的魚都誘上來。然而魚閃著色彩斑斕的鱗片，趁我困惑那刻把我的腹語吞下。腹語交換腹語，在不同深度的水裡，我們游向自己的目標。

訪客

　　每晚，那長頸鹿黑幽深邃的大眼睛，在高高的鐵窗外善良地凝視著他，借著月光和一潭淚水，仁慈地洗潔錘擊罪惡的礁石。這唯一探訪者的目光，解放了牢裡孤獨的陰影。

　　從監獄釋放出來後，他終於自由了！每晚在房裡望向玻璃窗外，等候那被關在心牢裡的探訪者。等呀等的，總是不見牠的身影。他的脖子日漸變長、拉高，有一天，居然衝破了屋簷！

　　他這才發現，屋外的長頸鹿，牠的脖子已經縮短了！

夾夾樂

　　我張開雙腿來夾，你伸出三個指頭來插。各自吃了那麼多年，隔桌的菜越來越香。好奇的窗子一打開，我的腿馬上跨出來。

　　路在橋的盡頭不斷伸延，你在有腳印的地方插上時尚的想法，我用慢火把它煮熟，香味很快就蒸發四方。

　　我們吃著、吃著，一陣陣風吹過桌面，時而暖和、時而陰涼。談笑間我學會你握拳的插藝，而你始終不能用兩條腿，夾出一個鳥語花香的春天。

入位

　　一張金屬椅子被搬進辦公室，放在一個日曬的角落。椅子遠離桌子後，細腿堅定地支撐閑置的空洞，傾聽移動的腳步。經過的人有好些被椅子高雅外表所吸引，但一坐下就感到陽光滲透金屬那入骨的熱氣，不得不彈起身離開，忽略了金屬的尊貴與持重。

　　他觀察辦公室的動靜已經很久了。那張他坐了十多年還沒有換過的摺疊椅，椅身早就脫漆，底部的支架也已磨損，不時在移動時發出無力的抗議。因為摸熟了導熱的定義，他在連續數天加班後索性霸占了金屬椅，從那時候開始計算，如何把椅子的金屬配偶帶進來。

讓位

　　有人在我坐過的椅子上坐下，以為我不會回來。我的椅子墊著那人的執著，在我留下的溫度裡嘆息。

　　我站在旁邊看著，那人不肯起身，說寧可坐錯不願錯過。他為了辨識一棵樹而坐在木頭上，被壓著的椅子無法搬運過程和細節，只好散發木頭的氣味，每當更換姿勢就伸張內部的紋路。

　　坐著、看著，時間凋謝的森林變化莫測，那人坐扁椅子的偏執，我為此而竊竊自喜。

換場

　　他喜歡挑逗魚缸裡的金魚。狹窄的空間裡，水泡眼跟著身體晃動，被泡膜擠得望上朝的眼睛不停顫動，似如雨中的燈籠，每當搖動就漏出潮濕的祕密。魚缸上的天空一片廣袤，但眼裡只有自己的金魚恣意游著，在缸內繞過半輩子卻不曾看他一眼。

　　這天他終於忍不住，決定刺破那無知、薄大的軟泡。他用一支牙籤對準金魚的泡眼戳一下。瞬間，泡眼裡的水譁然溢出魚缸，空氣掀起翻轉的浪紋。

　　他溺死在金魚缸裡，眼睛紅腫成兩盞大燈籠，他這才明白，透明也是一種負擔。

公車上

　　一名少婦在公車上打開衣襟，旁若無人地把乳頭塞入嬰兒的小嘴裡。只不過是打開和吸吮兩種動作，奶水卻淌下一車的遐想，令人措手不及。

　　公車行駛在小鎮顛簸的路上，每遇到不平的地面或拐口處，虛掩的想法便禁不住搖晃一番，蹙起堅立的眉牆。這熟悉卻久違的場景，使人心慌地憶起那遺忘的臍帶。

　　黃皮膚的少婦是個害羞的外籍人，當她撩開兩個外國翻譯過來的乳房時，不小心把動詞和名詞混亂了，兩頰的紅暈回不去原來的潔白。一個青壯男子走過來，用脫下的汗衫蓋上議論。

　　公車繼續行駛，大家把注意力轉移到車外的風景。

簡玲

簡玲，台東大學兒童文學碩士。當過老師、兒童舞團文思編創和閱讀推手。曾出版小說集《歸來》、《黑店》。作品曾輯入年度《台灣兒童文學精華集》，詩作曾獲《2011年好詩大家寫》佳作、《第11屆葉紅女性詩選》佳作。

詩觀

　　前半生，我曾遇見詩。後來，我走進生活。後半生，我和詩重逢。詩，並未棄絕我。

　　這場相遇，相信，必然有其存在的意義和價值。於是，在黃昏，在迷霧，與詩同行。而詩，允讓我，尋他、聽他、讀他、寫他。

日與夜，似懂非懂的行旅

　　我應該是認識散文詩的，否則，怎麼會在十二歲的舊書攤遇見了泰戈爾，要不，怎麼會在陳年書架上發現一系列散文詩集曾《驚心》的掠過我的青春？

　　嚴格來說，我是不懂散文詩的。分段不分行形式顛覆我對現代詩的認知，透過練習，我發現自己的詩質不夠飽滿，意象不夠明顯，我試圖在日與夜渾沌的迷途中，尋找出口。

　　是如此的似懂非懂，支撐我前進的腳步，我循著幾個方向，做為創作的風格。

一、精簡俐落的文字

　　剛開始書寫散文詩，我喜歡凝鍊俐落的文字，用極小的一段或一行的篇幅，顯現層次的意境。如〈蝴蝶斑〉，短短的四十一個字，從童稚跨越到中年哀痛。又如〈耳鳴〉：當我老去，所有的，顛沛流離的蟲兒都回來了，合奏一首田園交響曲。

　　短短的一行詩，顯然是自我安慰的把耳鳴的困境美化了，深思的是：年老時，我們能否重回童年和田野的召喚？

　　後來，我發現當功力不足的困境產生，過於精簡，就難免陷入單薄的語意不詳，無法讓人解讀深層思維中想表達的意涵，當簡潔的字句無法詮釋或橫跨長遠時空，此時，讀者必然像雪中看花，茫茫然也。

二、寓意的生命探討

　　不斷反覆揣想，我試著改變一些方向，如何巧妙地在簡短

詩篇中存在獨有的寓意或巧思，給讀者想像空間？

〈我殺了一隻長頸鹿〉以長頸鹿的特性：膽小、色盲和草原性，探討生命的面向，彷彿在牠身上看到每個曾經被自己扼殺的自己，寓意豐富。接著，〈那一隻飛蛾〉、〈造墳者〉、〈石化〉，也試著以哲學角度，提出生與死的臨界和生命內省的思考。

三、題材與故事情節

散文詩困難的是題材，我從現實生活入手進入詩情。試著從小說創作的經驗，將散文的衣裳，情節場景和詩的語言蘊藏在故事中，出現一種象徵、隱喻或意外的張力。

例如〈刮痧〉，透過生活事件和動作，隱喻著內心深處疼痛和釋放。又如〈出發〉一詩，把滾筒洗衣機衣服的泅泳、攪拌，象徵縮小自己，重新潔淨的頓悟。其中，生活省視的隨寫，如〈詩凍〉，以詩論詩，是創作的自白，如〈出海〉，寫詩海裡的漂流困頓。

此類創作，極易出現的缺失，就是當創作者文字駕馭力不足，就不免直白瑣碎，失去了詩的含蓄，把散文詩平淡與鬆散了，這點，是自己急需克服的。

四、創新的嘗試

創新，是文學創作課題之一。我嘗試用個人語法做多樣的表達和突破，運用意象組織或變形的跳躍，跨越時間與空間的藩籬，推動詩的節奏，因此，每個下筆都需仔細斟酌。

〈蛇河〉創作當下，蜿蜒水蛇的影像一再現形，給了我初步嘗試把圖象與散文詩混合的靈感。第一段彎曲水蛇圖象，也

是母親河的意象，第二段以後將圖象情境融入詩中，或許看來造作，也是變形的脈絡。

　　仰望詩林，散文詩更新我生命的草木，在日與夜的街口，我正緩步這趟似懂非懂的行旅，並且，將會繼續前行……。

我殺了一隻長頸鹿

　　我殺了一隻長頸鹿，誰叫牠笑謔我膽小，牠忘了六米高的身長曾蜷曲在我的心臟取暖。我殺了一隻長頸鹿，牠馱著色盲的顏料嘲諷無光夜裡失明的我。我殺了一隻長頸鹿，牠反芻的胃裡無法容下草原裡自由的鼾聲。

　　我殺了一隻長頸鹿，用悲傷的眼睛。不，是牠自己，在我瞳孔裡。

蝴蝶斑

　　童年，她追逐蝴蝶，抓在掌心看牠撲翅後沉睡。中年醒來，她的臉刺青著一隻蝴蝶，每一夜都是夢魘。

母親，走著孩子走過的路

母親，走著孩子走過的路。天亮時，她走那條她五歲去舞蹈教室的木棉路；天晴時，她走她七歲去彈琴的日光大道；天黑時，她走她偷偷寫詩的祕密花園；下雨時，她走她必經補習班的泥淖路；起風時，她走她日漸沉默的迴旋路。

母親，依然走著孩子走過的路。她曾用詩親吻她的髮際，她曾想飛，或淚水控訴，母親笑她痴迷。母親，走著孩子走過的路，她從沒有問過她想要的路，直到孩子的身影在路的一端遙遠，直到在老去的路上，才發現，她恣意犯著和自己母親相同的錯誤。

母親，每天走著孩子走過的路。路愈走愈小，小路上呢喃母親的嘆息：兵荒馬亂的路上，我還可以回頭嗎？

斷掌

那美好江山，被你穿越的河流分割，一半是山，一半是水。我的頭顱橫亙稜線，眼眸飛過枯潮，恨與愛，在火葬場，等一個告別。

許多年後，你已繁花落盡，攤開掌心，江山依舊。

喚獸

　　傍晚，坐在城市花園，不知名的鳥飛來，攫走我一隻眼。我緊握那根遺落花間的白色毛髮，往森林出走。在植被的草坡，遇見十八歲時豢養的獨角獸，我的眼球就鑲在他的犄角，我把白色毛髮插在他眉睫，他深藍的眼晶亮如昔，他問我這些年來傾聽自己的眼睛嗎？長日塵沙不息，黑夜不斷抽搐矇蔽雙眼，況且，我又長出了另一隻角，不再獨特。

　　我喚獸，今非昔比，回不去了，給我原來的樣貌。憂傷的獸，用銳利的螺旋角穿破自己，挖出我的眼，血玷汙眉睫，遁入夜幕。

　　從此，我懼光，視力逐漸衰退，黑影幢幢的森林，幻獸。

那一隻飛蛾

凝望熊熊之火。

那一隻蛾，在火樽前徘徊低飛，牠活過一百次，死過一百次，每次，都是真的。我一次也沒有死亡，我是假的。

我撲火焚身。那一隻飛蛾，淚流，牠說這次是假的，我沉默，對光的偏執不辯駁。

蛇河

昨晚，

　　一

　　　　條

　　　水

　　　蛇

　　　　，　　　　　　腳　腳

　　　在我的牆上滑行，我幫牠畫了四隻

　　　　　　腳　腳

那時，母親搗衣的杵聲剛歇落，霧中甦醒的基隆河哼著進行曲，千軍萬馬打起水漂兒，河岸紙船等候出航，我把莓果編成桂冠的童歌，掀起你含羞的蓋頭。

一條灰黑的水蛇穿梭，雙眼放射火花，神祕的腰臀左右誘動，你指尖的石頭划過牠的舌吻，倏地，牠呼朋引伴水面群舞，幽靈受孕的愛，幾十個寒暑竄進我的體室。

昨夜，涉過牠滑行的蛇腹，紅色跑出一隻腳，藍色露出半隻腿，牠蠕動又靜止，袒露已蕩然無存的毒性。我應該忘記害怕，缺少光合作用的暗室，蟲草鏤著空白，就是畫添蛇足，無色透明的身軀，再也載不動死生覆滅。

彎曲的蛇河啊！晚風撩撥，杵聲的回音浪流，鄉關蜿蜒，愈靠近愈情怯。

李進文

　　李進文，1965 年生，台灣高雄人。現任聯合文學出版社總編輯；曾任記者、明日工作室副總經理、《創世紀》詩社主編。

　　2017 新作《更悲觀更要》。著有詩集《一枚西班牙錢幣的自助旅行》、《不可能；可能》、《長得像夏卡爾的光》、《除了野薑花，沒人在家》、《靜到突然》、《雨天脫隊的點點滴滴》；散文集《微意思》、《如果 MSN 是詩，E-mail 是散文》；圖文詩集《油菜花寫信》、動畫童詩繪本《騎鵝歷險記》及《字然課》、美術詩集《詩與藝的邂逅》；編有《Dear Epoch—— 創世紀詩選 1994-2004》等。

　　曾獲《中國時報》文學獎、《聯合報》文學獎、《中央日報》文學獎、台北文學獎、台灣文學獎、吳濁流文學獎、林榮三文學獎、2006 年度詩人獎、文化部數位金鼎獎、入選九歌版台灣文學 30 年菁英選之新詩 30 家等。

若爾・諾爾／攝

詩觀

　　曾經我認為「抒情是詩的本質，叛逆才是對詩的敬意」，叛逆難嗎？順服更難，順服包含著溫柔與忍耐的功課。順服初心、順服信念，詩由此出發，由此歸返。

沒有什麼文體比微笑更開闊

　　麒麟的外形，「其為形也不類，非若馬、牛、犬、豕、豺狼、麋鹿」，什麼都不像，古時認為世道不彰，才會出現麒麟，故認為麒麟為不祥之物，因為他的出現代表亂世。其實不是，在《詩經・麟趾》中是喜慶，其後經過孔子、韓愈等人解釋，認為「麟者仁獸」，他們從麒麟投映到對人世的悲憫。

　　悲憫，是詩人的要件。2015 我出版《微意思》一書，除了希望它懷有詩的本質「悲憫」，我也期盼它「什麼都不像」，彷彿麒麟「其為形也不類」。介在散文、詩、散文詩的模糊地帶，不受「文體」侷限，練習一種書寫的自由，同時讓它「輕」一點，所謂「禮輕情意重」，輕一點的好處是易於傳達和分享一份心意，深入淺出，朝微言大義努力（雖然達不到），我希望在寫詩多年後，有些嘗試和改變。總覺得「有意思」比「有意義」要來得動人。

　　這種「自由體」，亦有其脈絡。蘇東坡〈記承天寺夜遊〉，劉禹錫〈陋室銘〉，陶淵明〈五柳先生〉，甚至魯迅《野草》都不是純粹的「散文」，它們都是有詩意又兼具散文的飄逸。西方屠格涅夫、泰戈爾的作品，更早之前《拉封登寓言》、十三世紀伊斯蘭神祕主義詩人魯米、近代詩人木心的隨筆，我們也都可以讀到這種自由體的文字。

　　我不想去定義散文詩，所以刻意從《微意思》這集子裡節錄，對我來說，《微意思》一方面是向前人致意，一方面是向寫詩的自己挑戰，用一種自己熱愛的自由的方式，把心中的「詩」以另一種方式完整地呈現出來。這樣一整本書，創作的過程最難的是，要用減法，不斷提醒自己使用最少的字去說出

最多，還有避免題材重複，或過於執著在文藻的表面。

　　算來有十年，我熱中這樣的自由（體），卻也從未讓它單獨成集，它總是融化在我的散文和詩。2004 年出版的詩集《長得像夏卡爾的光》有它，其後在散文集《如果 MSN 是詩，E-mail 是散文》、詩集《除了野薑花，沒人在家》、《靜到突然》和《雨天脫隊的點點滴滴》都有它，甚至記事簿、簡訊、臉書，也有它。它是我骨子裡溺愛的表達方式，或許更符合我的性情。

　　好吧，若硬要問我什麼是「散文詩」，我還是只能這樣回答：我希望它可以吉光片羽，不定義、不類型、不解釋，就讓它隨喜，有愛，天馬行空。我享受這樣的書寫趣味，而這樣的書寫也默默陪伴我度過不少隱晦的時光，讓生活找到一個支點。

　　讓我試著以感覺思考，用想像力寫日常，將深刻寫在水面，把輕盈泊靠在抬頭可見的雲間。分享心中「有意思」的真情實意。這些吉光片羽，讓我們可以互遞溫熱。經常，我想要在遞出之際，讓他人分享而不是分擔，即便讀了以後僅僅微微一笑，笑是詩意。這是我一個人的意見。

愛蜜麗・狄瑾蓀

　　每次她走進深林就化作一隻鶲鶇，棲止一枝，定靜，靜到青苔都爬上了喙。她啄些月光、飲點露，她不一定不快樂。天亮前，霧漸漸散了，她飛出深林，恢復成女子，形體嬌小，赤足輕盈，棕色緞帶繫著的馬尾左右晃，她不一定快樂。松鼠和曙光在深林出口目送她，她就這樣不押韻地走走跳跳，一個人，她一個人愛過，飛過，深入骨髓過。

動作片

　　洗衣、脫水，轟隆隆的馬達終於閉嘴。陽台外那株菩提樹反倒趁機抽高蟬嘶。我正要晾自己的衣服，忽見街上一人穿著跟我手中的一模一樣，而且他橫越馬路的方向似乎就是我家，他跌倒，模樣像一把斧頭，一輛轎車正疾速撞向他……千鈞一髮之際，我把他晾起來，他在滴水。

寓言

　　神話中的洪水來臨。床漂浮水面。床上躺著天光雲影，懶懶的，不想徘徊。一頭豬在全市最高的樓頂朝我微笑，我跟牠揮手，多麼可敬的求生意志！器官鮮美靈動地迤邐過街角。各國的國旗，軟趴趴地搭在紅綠燈桿上。我敞開我在網路上建構的宅，熱情地大喊：「多餘的人歡迎光臨！請進……若不嫌棄就請進我狹窄的一念之間。」然後，我以插畫方式潛入水底，用一道銳利的傷疤割斷他們與昨日世界的聯繫。

佛事

　　一尊石佛倒在山路邊，身上有蕨苔，面目漫漶。有獸踩過，有蟲寄生，有鳥憩其上，有登山者坐，全不知這石頭原是一尊佛。某雲遊和尚路過，慧眼望知此乃一尊石佛也，他清理石佛，扶立，望之肅然。自此不再有蟲鳥野獸人跡近焉，登山者見佛即佇足遠觀合十拜之。

　　石佛淒然。遂入夢於雲遊和尚，痛斥之：「我之所以倒下，是因為我想倒下，干卿底事，別以為你做了善事。立佛、坐佛，都太清寂了，倒下才是人間，明瞭否？」雲遊和尚驚醒，翌日，前往石佛處，重新放倒，待時光漫漶一尊石佛。數年後……石佛再度入夢，淡淡輕吐三字：「舒服矣。」

改造

　　走進一家佛雕店，請木刻師傅雕刻我。他摸我頸子，開始刨，我就有種人渣的感覺。師傅心中有結構，順著我手臂敲鑿，就有一條鐵著心的路展開，我聽見火車嗚嗚嗚載歲月離開……師傅，請盡量雕鑿及刻劃，讓疼痛一直在一直在好麼？師傅在我臉部一刀劃出傷口那是笑。我內裡一些哀傷的東西，像我們的島一樣堅硬，請在我的材質鑽個空洞吧，我們都需要有地方躲起來拭淚。分不清是肉末或木屑，紛紛掉在店內我們腳下的國土。師傅面對像我這樣一個人，邊雕刻邊難過，為了我曾經如此麻木。

龍的傳說

　　一名護士端來一條我的命。我跟她說，怎麼看都像一條龍，她說：「只是一條命，普通的、貧賤的命而已。」我又跟她強調，真的是一條龍。她淡定地回道：「總之，不動了⋯⋯可惜了這麼可愛的一條⋯⋯」我突然激動，大喊明明真的就是一條龍，活的！她嘆口氣：「隨你怎麼說啦，反正它不動了，咦，還是它懶得動？」她邊說邊叫我張開嘴出聲阿阿阿～～她餵我一口一口的小命，好苦，也打了一針鎮定劑，「奇怪，為什麼我沒有痛的感覺？」護士嗔笑道：「放心啦，中年以後都是這樣的。」

像我這樣一個父親

　　早晨沐浴，茉莉香皂摸我裸身，我有點害羞，我說我自己來就好。泡泡開始閒聊有的沒的，大抵跟人生的清潔與骯髒話題有關。我很專心、很用力地搓揉身體，然後旋開蓮蓬，灑下淨水，內在升起一股清涼意。我溼答答地裸身站至鏡前，赫！發現身體變透明了，「怎會這樣？」我看不見自己，「剛剛我把自己沖走了嗎？」我很驚恐。浴室外，妻喚我吃早餐，我焦躁地回答：「好～～請等一下～～」我揉揉眼，再細看鏡中，這時，一道晨光自浴室天窗射入，鏡裡，我只看見一道光，仍然沒看到我自己⋯⋯「怎麼辦？我遺失了、我不見了！」如果妻發現丈夫消失了，如果孩子發現父親不在了，將會怎麼辦、怎麼辦呢？「不能再待在浴室了，我得鼓起勇氣走出去！告訴家人，我發生悲慘的事。」我緩緩推開一隙門縫，吸口氣，推開門，走向餐桌。這時，妻和孩子們正在一邊用餐，一邊聊天，我壯膽地大聲說：「我要開動囉！」他們轉頭朝我這邊望一眼，又繼續用餐聊天，「他們不覺得我變透明很奇怪嗎？」我坐下，用透明的雙手切著盤中的玉米培根煎蛋，「他們沒發現我不見了嗎？」「他們不在意嗎？」「我在不在家一點也不重要嗎？」整個早晨，有無數的問號在我透明的腦袋千迴百轉。

林瑞麟

　　林瑞麟。台北人。淡江大學英國文學系、EMBA 企業管理系。
服務業。野薑花詩社同仁。散文、極短篇、小說、詩等散見報紙副
刊及詩刊。曾獲 2015 年林語堂文學獎小說佳作。部落格：
http://blog.udn.com/stevenlin51。

詩觀

　　詩是我的現任女友，她的性情不定，我為此深感困擾，但她的偶然顰笑令人著迷。小說和散文是我的前任女友們，她們常常來看我，我們保持著友好。我希望我的詩可以擁有她們的美好，讓我多愛她一些。

在散文詩裡遇見

　　遇見散文詩猶如遇見熟悉的陌生人。因為網路社群的好友連結走進了散文詩的場域，我在吹鼓吹詩論壇註冊了帳號，開始對它拿捏估量，探索頻率與氣味。

　　我對散文詩極有好感，開始在網路爬文，撿拾他人的言論，摸著石子過河。詩人 N 推薦我閱讀相關的論述及書籍，其中以蘇紹連老師的《隱形或者變形》和《少年詩人夢》讓我印象深刻。

　　我對極短篇這種短小精悍的文體也很有興趣，在 1996 年到 2003 年間也在《聯合報》副刊發表。極短篇是字數在 2000 字以內的小說，《聯合報副刊》更有最短篇的小說，文字在 300 字以內。在檢索與揣摩的過程中，我發現散文詩與極短篇在某些特徵上極神似。

　　張春榮教授在《極短篇的理論與創作》中引述美國 North Carolina 大學霍爾曼教授（C. Hugh Holman）等所編的《文學手冊》（*A Handbook to Literature*）敘述：「極短篇是簡短的短篇小說，結尾有『扭轉』或『意外』。」而詩人瘂弦則說：「極短篇是一個新嘗試，希望以最少的文字，表達最大的內涵；使讀者在幾分鐘之內，接收一個故事，得到一份感動和啟示。」

　　我則在散文詩裡看到了扭轉、意外的手法，詩人以簡練的敘事在人物的刻畫、情境的塑造及故事的鋪排上精心設計，最後出現出人意表或意在言外的暗示，或者驚悚，讓人咀嚼再三或發人深省。

　　讀蘇紹連老師的散文詩總令人揪心，深怕撞上意外卻總是撞上意外。〈將進酒〉就是一個例子：

某一名男子匆匆從喉嚨深處跑出來，挾土石轟隆奔流的聲響，河山的嚎叫，撞入壁上那幅黃河萬里圖裡。圖中一名渡河女子與他擦身而過，他轉身看她一頭飄逸的黑髮，因對岸雪崩，瞬間變白。她是他童年的女人。

　　——摘自蘇紹連〈將進酒〉

　　在《少年詩人夢》裡，「小說，是最能刻畫人性的文學創作類型。而詩在這方面的表現是望塵莫及的。」蘇紹連說：「詩必須向各文類取火，讓『詩』質變後再浴火重生。」這個說法讓我既驚又喜。蘇紹連更說：「有了情節，即是小說，如此，散文詩，散文詩走向極短篇小說的企圖。」

　　我是在網路上遇見散文詩的。蘇紹連恰巧有一首〈一隻寫散文詩的蜘蛛〉，詩裡有一位寫散文詩的少年，不小心掉進蜘蛛網裡，少年的思想及生命被蜘蛛吞沒後，蜘蛛將少年心中想寫的散文詩吐出成一張網。我想像自己是那少年，走進網際網路的虛幻裡，對於被吞沒，充滿驚悸，卻又滿心期待。

　　我以極短篇為材，捏造散文詩詩的形狀，探觸其內裡。在形塑的過程中遇見一些質疑，路過一些指教，像散文詩的轉折與意外，我讓他們為互相糾結成為網。眾聲持續在我耳邊喧譁，我讓我的作品發聲。而我，保持緘默，繼續吐詩。

淵藪

　　他的耳膜破了一個洞，留不住聲音，卻裝了很多不滿。不滿的水位滿了，就往外氾濫，流出難以聞問的穢物。

　　醫生說他患的是慢性中耳炎，把耳膜補起來就沒事了。果真如此，我反而擔心他耳疾治好後，承載不了更多的蜚言流語。因此，他為該不該把洞補起來而躊躇著。

　　經年累月，反覆發炎，他以為快要失聰了，可是他卻沒聾。有一天，一隻蚊蚋突然鑽進了耳道，他感受到什麼叫震耳欲聾。他涕泗滂沱，完全失控，我隨之作浪。

　　求醫，至今兩個月了，耳裡仍是風雨。我也很沮喪，他卻忽然對著我訓斥：「都是你的錯！」我被他揪得很緊，在穢水池裡，咕嚕咕嚕的下沉。

月事

　　在豔陽高照的藍天看見月亮，淺淺的白。月亮不喜歡黑夜的寂寥，所以偶爾在大白天跑出來，素著一張臉。「低調是一種本份。」月亮說。月亮需要光，如果可以看見白天，誰會願意留在黑夜？但月亮沒說。

　　地球其實是屬於太陽的，月亮愛上地球是不可違逆的宿命。於是，月亮只能靜靜的守候。月亮守住的每一天，我們的愛就默默遺失一天。

焦慮

　　坐捷運時大家慌忙的盤據一個位置，然後低頭滑手機。車廂內空氣凝滯而鬼祟，每個人各有所圖。我摸摸口袋，發現自己忘了帶手機。於是，欺身分享旁人的畫面。不安的。看見許多人的動態時報互相磨蹭，疾速的回上頁，接下頁，掀起低調的高潮。

　　列車嗯嗯在軌道滑行。嗶，嗶，嗶，依哦依哦，一站過一站。忽然看見他的畫面滑出我的照片。「有我耶！」我說。我被發現了，他瞟了我一眼，瞬間鼻息交歡，曖昧著。

　　他輕輕點了「讚」，抵達了我。我在下一站下車，匆匆上了另一車。兩車交錯，我看見我在那一車，為遺失什麼而蒼涼著。

鑿

　　光從百葉窗篩出，茶几上有一抹曖昧逗留，在玻璃煙灰缸反折，遁入天花板的水晶燈，爆開四分五裂的指涉，亮晃晃的失真。有一束穿進鑰匙孔，軟軟的，女人進了門。

　　他彷彿瞥見女人腳踝的刺青。那是坐在隔壁的詩人，看著地上的腳印揣度的情境，詩人說完雙手一攤，在露台打起了昏盹。隱喻尚未乾涸，他扛起腦子裡的鏟子。尾隨，一隻貓的婆娑。

微想望

「為什麼你沿著牆壁走路？」她笑著，「那是螞蟻的行為。」說完，空氣中飄著清甜。她始終沒有看出我就是螞蟻，我不知道該開心還是難過。

每天傍晚我會在她開窗澆花的時候，仰望著她。她總是視而不見，直到我被她澆花的水燙到了。那一天，依往例她開窗澆花，可是她拿的卻是熱水。

「沒事了。」她帶我進房，搽了藥，送我出門。她是那麼地柔軟仁慈，房裡充滿著香氣，舉手投足都流露著芬芳，有時候像洋甘菊、有時候像蜂蜜，氣味會順著窗口流出，包圍著她的住家。

逐漸地，我長出了觸角，沿著她釋放出的甜味、貼著牆爬行。儘管那傷口一直無法結痂，儘管房子愈來愈大，距離愈來愈遠，我希望有一天能從窗口爬進她甜甜的心裡。

陡峭的哀傷

　　我被響雷掘起，欲望外露，可以肆虐一座盛開的花園。

　　我膽怯，但從來沒有這麼滿足。花瓣是張柔軟的床，汩汩的流洩甜味。我真的很餓，花萼、花冠、花蕊都那麼飽滿，我不停的吸吮、咀嚼，亢奮爆炸開來。

　　她走了出來，伊伊，刮起我一身疙瘩。她四下張望，嘟嘟囔囔釋放時光的密語。我們交換眼神，伊伊，她把門拉上，春天碎了。

　　我搭著她滑落的肩帶，進房。房裡很擁擠，垂宕著荒蕪。我望著殞逝的青春，蒼涼勃起。

隱情

　　他們都不承認。霧來了，雨露攀著窗子窺伺。霧來之前，夜鷺曾於此歇腳，撲撲的唧走了月光。路燈曖曖吐氣，甲蟲在清冷中交配。風也來過，吸了氣，擠進了窗縫，再沒有出來。守了一天的老榕，探出氣根吸吮濕濕的寂寞。

　　大家都默然。風籟籟，穿過霧，披著滄桑，泊岸。蟬聲沒入最深的土裡，荷花兀自梳理餘韻。拂曉，南飛的燕子甩尾，剪開煙嵐，划開迷障。太陽起晚了，懶洋洋的伸展四肢。一蹬，踢翻了染料。一尾金色的秋，幾個迴旋，倏地游出窗外。

　　他們說，夜裡你也來過，又走了，瑟瑟的，在我身上留下看不見的黥紋。這事兒，我極力撇清。

紀小樣

紀小樣，本名紀明宗，1968 年生，台灣省彰化縣人，北士商廣告設計科畢業，曾就讀南華大學文學研究所，鑽研現代詩的奪胎換骨；教授兒童作文十五年，現被桌遊文學所迷惑。親手打造《十年小樣》到《啟詩錄》等九座囚禁詩的監牢；目前擔任文字慾、文字鬱、文字喻、文字寓、文字馭、文字魆、文字鷖……等七間無限公司的典獄長。為了改革癒症，曾以私人身分到過全國優秀青年詩人國、年度詩人國、教育部文藝創作國、吳濁流文學國等地取經、參訪。

詩觀

無常觀！

喜新厭舊！

革命又保守！

喜歡在別人的死骨頭上長出自己藍色的血肉！

詩辯與尸變

散文詩是詩的一種容器。

水杯就是容器，沒有人硬性規定裝水的杯子必須是圓或是方？只要能裝水解渴，就好；不管黑貓、白貓，能捉得到老鼠的貓，就是好貓！

在此，自立為王。我想霸道地說：沒有意象且不能用意象觸動我心的，就不是詩！不管你堅持分行、分段、分身還是開腳？

在散文詩路上有些啟迪與驚豔，不想藏私（詩），他們是：波特萊爾、蕭白、商禽、蘇紹連、杜十三與然靈……，他們是海，我只是摸到了一把鹽，不知道什麼容器可以裝得下他們？

葫蘆是葫蘆仔的容器；蘋果的內核有蘋果籽。

散文詩祇是詩的一種容器，水杯是容器，蓋棺我的廢材，也是！

北非之獅

掉落在印度洋西畔南回歸線上的馬達加斯加島——是地球上最大的眼淚。

是的，非洲好瘦哦！瘦得像一顆側面的骷顱頭。

在世界地圖上，我們聞到福馬林的味道；你突然說：這顆乾癟削瘦的骷顱頭——浸泡在大西洋、印度洋、地中海與紅海的無情波濤裡……；尼日、剛果、尼羅與橘河則是依附在骨骸面容上殘存的黏膩血脈。

——橫過薩伊剛果盆地與肯亞中部的赤道是一條剝落殆盡的眉毛；東非大裂谷北方的維多利亞湖是烏黑深陷的眼眶；而吉力馬札羅火山迤衍而下，把坦尚尼亞與莫三比克的海岸線蜿蜒成為微凸的鼻骨。

野生動物誌裡有人類歷史上被忽略的一段——一九二二年，最後一隻雄偉威猛的北非獅頂著滿頭華美的金色鬃毛，在亞特拉斯山脈失血的肚腹留下一個，永遠的彈孔；而七十幾年前的那一陣槍聲——還在這一顆黑色的頭蓋骨裡，轟隆迴響……。

闔上世界地圖，我們一起閉目冥想，久久；你突然又開口說話：非洲的腦漿是北回歸線上的努比亞、利比亞與撒哈拉沙漠；眼淚很鹹，並且溫熱，一如：
——盧安達的砲火……。

海景

　　海水浴場緊閉著斑駁的鐵柵大門。招魂幡上兜滿風的笑聲；哽咽的母親蹲在苔黑的消波塊旁焚燒紙錢，她的眼神散得比紙灰還蒼茫；搖著魂鈴的道士唸唸有詞，他的咒語被路過的孤魂翻譯成：最密最密的網再也撈不起流失的腫脹的親情；九級的海風遂把一個母親沾淚的亂髮吹過了北回歸線……

　　夕陽被海擁入了身懷，隔岸燈火燃起了一條長長的海港老街，那一盤盤粉身碎骨的是海的孩子吧！饕客們正用滾熱的口水把一座太平洋煮紅，魚蚌蝦蟹們在台灣啤酒酡紅的臉顏旁醉了，再也找不到回到母親胸懷的路……

　　母親站在淹沒肚臍的海水裡哭喊：轉來……轉來哦……而海在遠方譁笑；浪濤翻捲起孩子們瀰天蓋地的嬉鬧聲……

歷史

　　一根憤怒的火柴對著夜色咆哮，躲在抽屜裡的蠟燭不敢出來附和，天上顫抖的星星也不了解—— 為什麼那人披散著黑髮，只為了短暫戴一頂金黃的帽子。

　　火柴咒出高熱的語言，他的憤怒只是為了傳染一場森林大火，讓安位已久的鳥獸飛奔，讓種籽重新詮釋生命該有的綠。

　　但太陽太老了—— 他隱約看過整個宇宙的祕密；正如發自骨骸的燐火隱約看過這個世界的。

　　火柴並不後悔燃燒成為一根真正的火柴，當螢火蟲全身而退之後；「光之書」上的扉頁裡藏著一個永遠的伏筆—— 只有灰燼知道，「夜」曾經被燒破一個洞。

終驛

　　空蕩蕩的四號月台　被一個新鬼的啜泣聲佔滿了……

　　末班列車離去以後　一個乞丐顫抖的手中仍然緊緊地握著昨日的票根

　　昨夜在此殉情的人　在站長的眼中把今天的落日染得比鮮血還要紅。

　　旅客留言板上　驗票員輕輕擦去了一行纖細的字──我要推翻圓周率，修改舉世公認的 π。

　　聽說生鏽的鐵軌已經被一個白髮婦人的痴怨扭曲了；她那望不到底的灰白瞳孔說──串連起來的等待比永遠還漫長……

　　而全身皮膚病的流浪狗都嗤之以鼻的　我是候車室幽暗角落裡　一隻無人認領的乾癟的行囊

精神病院

　　隔房，美麗的女人用貓的歌聲，把我的手臂拉出褲襠，伸出窗檯，蔓延向天空，月亮是一顆尚未飽熟的乳房；像一把肥胖過度的匕首，引誘我割腕。而被火星放逐的旅人群聚在我的顱頂跳舞，牠們是神，不時用犬齒獠牙撕咬我的頭髮，牠們嫉妒我腦廻裡甜美的思想，毛手魔爪掐緊我的咽喉，把一整面柏林圍牆拉過來撞擊我的頭顱。那是明天早上已經發生的事情。

　　現在，我坐在鋼製的躺椅上，因為有人說陽光可以蒸發我的憂鬱──關於這個，我可比他們更清楚──他們說的憂鬱是藍色的，而我的憂鬱卻是粉紅色的；這個理論跟專家的荷爾蒙永遠勾搭不上；或者這個荷爾蒙跟專家的理論永遠勾搭不上。

　　只有我知道，所有的影子都是垂直的，是那些廊柱一直在傾斜；但「一直」為什麼會傾斜？我真的搞不清楚。反正，整個下午傾斜在那兒，沒有任何主治醫生過來把他扶正。而我只是想要奔跑過去，用綁著緞帶的頭顱去撞沉夕陽。不久，我就可以用緞帶繫住月亮放風箏。而你知道讓風箏平衡的事物是什麼嗎？我不會告訴你：那是一截短短的貓的尾巴，尾巴上還晃蕩著一條長滿歌聲毛髮的女人長長的咽喉。

愛的同義複詞

我愛你；直到虎狼脫卸牠們的皮毛，變得像綿羊一樣，雪白可親。

我愛你；直到鷹鷲垂下牠們的翅爪，變得像和平鴿一樣的優雅溫馴。

我愛你；直到鯊鱷遺忘牠們的銳齒，變得像……一樣的……

（腰部以下的立法院曾經如此慎重地敲下議事槌，三瀆通過：我愛你！）

是的，你應該知道「我愛你」比土地寬廣。比天空還藍。比海洋還深。

但你不該，不該在月黑風高的夜晚，用那稀薄的月光在自己藍色的恥骨上刺青……你忘了（而我好像突然記起）：狼是有爪牙而鷹是有利喙的。

——我不知道為什麼當時我可以一邊微笑一邊將你的骸骨收埋？

陋室賦

渴盼一間自由的居室。我先把腴脂的食物清空……
我住進去，覺得不夠寬廣；乾脆拋出還在蠕動的胃腸……

再住進去，感到仍有一些害怕，索性丟出還在輕顫的
膽……；我聽到有一些美好在空盪的斗室裡歡呼吶喊，使我不
安；於是我又丟出了肝……。

這樣空間就大多了。現在──最突兀的就是，左右那兩
顆，虛懸的腎臟與膀胱；為了完完全全的自由，我必須割捨牠
們，包括更形而下的一對睪丸與精囊；為了不被呼吸干擾，我
扯下了碩大的肺葉，丟出窗外……

我又搬進去，坐了一會兒……感覺有一隻淌血的眼睛在對
我窺探……我驀然睜開眼──「『胰！』你在那裡看什麼？請
你自己出去吧！」牠用天真如稚子的眼睛哀求我的心軟，我便
轉口說：「那麼，你化身為半根蠟燭，幫我清理那比深淵幽邃
的心、比黑洞更黝黯的腦漿……幫我把骨頭裡的燐，送給窗外
閃爍的一顆寒星；血液裡灰寒閃光的鐵，送給地上生鏽的
霜……」

（當燭光熄滅，我不介意看見躲在右腳腳印下那顆
發光的淚，還有左腳小趾上猶在殘喘的一點骨氣……）

一切似乎都清除乾淨了，只見一尊被海浪追問到失去面目

的石佛大大方方地住了進來，把圍繞在我四周的時間，一腳踢開⋯⋯

　　我在茫茫之內茫茫之中茫茫之外茫茫之上茫茫之下，八方遊走⋯⋯在極目的遠方，我，看見一個，你，又住了進來，高高興興的搬來腺脂的食物、蠕動的胃腸⋯⋯

　　註：詩作〈北非之獅〉、〈海景〉、〈買鹽的早上〉選自《極品春藥》（詩藝文出版社，2002）；〈歷史〉、〈終驛〉選自《熱帶幻覺》（彰化縣文化局，2005）。

紫鵑

現代詩創作、特約專欄寫作。

得獎記錄：2002 年獲得優秀青年詩人獎及最佳廣播劇團體金鐘獎（劇本佔 20%）。

個人網站：新浪部落格「紫鵑的窩」、大陸詩生活專欄「我和我的影子在跳舞」。

2007 年 1 月接任《乾坤詩刊》現代詩主編至 2013 年 12 月底，共 7 年整。2016 年 1 月任《創世紀》現代詩編輯至今。創作作品：詩作散見各大詩刊及報紙。

詩觀

　　莫名其妙的中年女子，漸漸為人生做減法的動作，很多的不捨學習忍痛捨下。期許年復一年勇於面對一切挑戰的自己，儘量做到細節、緩慢、低調、柔軟、慈悲喜捨。無懼並非冷漠，坦然面對生老病死。一步一捨下，一步一步朝簡單、平靜的日子邁進。

散文詩的片段時光

　　開始寫詩之後，我的詩作幾乎都在網絡上發表。由於與大陸詩友交流甚多，從原本大型詩歌網站，轉到個人博客，再轉到微博。微博限制 150 字數，包括標點符號在內及格式，因此詩作排列困難。在 2011 至 2013 年使用微博的這段期間，是我散文詩創作量最豐盛的時候。

　　在我有限的觀感裡，散文詩就是詩，但詩不可以是分行的散文。散文詩也並不是散文或小品文，它和詩一樣是律動、活跳跳的探戈舞曲。利用微博平台寫散文詩後，拜新軟體微信之賜，我又寫回分行詩，漸漸少寫散文詩。

　　或許有人會問，台灣這邊有詩歌網站，後來也發展到個人部落格，以至現在風行的 Facebook 詩歌創作，妳怎麼跑去大陸網站呢？我也曾經在這些地方發表，但是互動有限，這不是長期一直在學習的我想要的狀況。就像微博這個平台，它是我的最佳練詩遊戲場。

　　我寫散文詩很隨性，沒有包袱，也沒有摸索這個過程，一切順其自然發展。也許這和個性有關，我喜歡在生活中尋找悸動的感覺，並且透過書寫記錄下來。

不說出你的名字

　　三月，花未吹雪。黑色的地震，黑色的海嘯，我們視線同落在一座黑色的廢墟。天空蒼白，雲開處，語言斜斜略過。從邊陲飛向暮山，在微微顫的雪地。不招手，不呼喊，畫日畫夜不碰觸詩的衝動。傾心愛的激流洶湧如昔。不說出你的名字，別驚醒防波堤上最後一道封鎖線。明明知道，鑼鼓定音。

青春肉體

　　喜歡在你的背脊彈鋼琴。Do 是純白的啤酒泡泡，Mi 依著彎曲的窄巷哼唱。Rai 跳下台階，沿著一家家小酒館沿路敲打。Fa 將長髮推擠到曠野沉思；La 嘩啦啦河流湧動絡繹不絕。So 微火一點，微熱一點。Xi 嬉戲裡，緩慢向左傾右。Do 輕輕再彈三兩音。春天很色、很澀。青春，停住。又開始咚咚亂彈心。

輪迴

　　曾孫女歪斜坐著，孫女歪斜坐著，母親歪斜坐著，祖母歪斜坐著，曾祖母歪斜坐著。她坐著，之前之後？他經過，左傾右傾？牠喵地，全心全意跳下籐椅。

木棉花

　　你穿著袈裟墜落車流，每一次殉情都鏗鏘有聲。我默然讀貝葉書裡的懸念，一步一摧殘。黎明過去了，夜晚過去了，光陰在穹蒼餘波盪漾。我反覆走過你遺留下的捨棄，放逐所有疼痛。

櫻前線

　　約會可恥，牽手可恥，親吻可恥，做愛可恥，不可饒恕怒放櫻花更可恥。浪漫可恥，熱烈可恥，牽絆可恥，箴言可恥，排山倒海發酵更可恥。這麼愛，這麼愛啊！灰燼，竄向天空，流淌著安魂滋味。

圈圈

　　紅的。藍的。白的。黑斑的。微風的。飄流的。鏤空的。小小鉛字的。時間變形的的。清晨的。露珠的。花瓣的。樹葉的。蜘蛛網的。圈圈的的的。你的。我的。涼亭的。無題的。滿月的。融雪之夜的。我們的的的的。

親愛的，我們都有病

親愛的，我們都有病。在風和日麗的城市中，病菌蔓延至現實的臨界點。我們無語。呼吸，做出選擇。心跳，擠出抗議。我們戴上帽子、口罩和輔助看清世界的眼鏡，你的右手握住我的左手，緩慢地穿越人群。

親愛的，我們都有病。遠遠望去，每一段路都設著一座祭壇，我們奉獻自己卑微的生命，在睡眠與清醒之間，用一把小梳子，梳理人生看板上的活動廣告。

親愛的，我們都有病。清晨在杭州西湖喝西北風，中午在墾丁椰子樹下籐椅享受陽光，黃昏在香港茶餐廳吃波蘿包，星期五在台南菜市場尋寶，星期三在台中街頭拌嘴，星期日在花蓮七星潭海域拾一顆能夠一起把玩的石頭。

親愛的，我們都有病。我要死去你的死去，你必須活著我的活著。必須驚濤巨浪，必須山崩粉碎。親愛的，你不經意揉進眼睛裡的沙子，是我始終不忍看到的斑斑血漬⋯⋯

親愛的，我們都有病。開水煮沸，我們喝水、吃飯、散步，做平常該做的事。從這個星球到另外一個國度，從這扇木門到那扇無形的門。活著，我們始終活著。你和我和宇宙之間都有病，這是抽屜裡一張紙條的祕密。

親愛的，我們都有病。
噓！千萬不能告訴別人。

王宗仁

　　王宗仁，1970年生，目前從事文化工作，曾任《聯合報》寫作技巧班講師、大學講師、高中詩社指導老師暨特約作家。曾獲全國優秀青年詩人獎、《自由時報》林榮三文學獎、台北文學獎、香港青年文學獎、教育部閩客語文學獎台語詩獎暨年度廣告流行語金句獎、童詩、散文、小説、劇本等獎項。

　　新詩作品被選入《中外華文散文詩作家大辭典》、國立編譯館《青少年台灣文學讀本：新詩卷》、《台灣文學英譯叢刊》等數十種選集，並多次入選年度詩選。歌詞作品被譜曲成為大運會永久使用之〈全國大專校院運動會會歌〉。四度獲得「財團法人國家文化藝術基金會」補助創作、出版。著有散文詩集《象與像的臨界》（爾雅）、《詩歌》（遠景）等著作。

詩觀

寫詩像作夢，且一起作夢的人很少。將生命中的發現，運用各式文字編排，把疑惑、感想或喜悅、憤怒串連，再加上些許節奏，於是一個個夢就這樣慢慢成形。寫詩真像作夢；尷尬的是，我不知何時會從夢中醒來。

我對於散文詩的一些想法

一、本質

　　最早閱讀散文詩是接觸到蘇紹連老師的作品，他在《驚心散文詩》後記的一段話，更觸發了我對散文詩的寫作：散文詩迷人之處，在於他的形式類似散文，但字字句句所構成的思考空間卻完全是詩。我不認為他是一種詩化了的散文，更不認為它是一種散文化的詩。

二、散文，詩

　　有論者認為散文詩是以敘事語言為宗，與分行詩的語言特質不同，這也是我初期的想法；但深入思考後，我認為「散文詩」的「散文」可以是指「形式」，而不必拘泥於「敘事語言」；也可以在不影響寫作策略的前提下，將散文詩文句都儘量以分行詩的詩句表達。這想法也曾造成我的困擾，那就是若依上述方式來寫作，那麼分行、不分行的界線就模糊了；但這「困擾」並沒有綑住我很久，因為我想寫自己所想寫的。

三、環節：極短篇、小小說、短寓言、荒謬劇場

　　依照「極短篇」的定義（在此指《聯合報》的「極短篇」徵稿按語），係為「以最少的文字，表達最大的內涵」。以上「按語」不能取代「散文詩」的定義，但也許並不那麼涇渭分明，或可說「詩化」一點的極短篇就趨近散文詩了，因為目前詩壇上「號稱」散文詩的作品，有許多都比「極短篇」的詩質還要淡薄。

蕭蕭在《台灣詩學季刊》第二十期的〈散文詩美學〉中有以下論點：「散文詩的寫作，幾乎每一首都可以發現非常明顯的『小說』企圖，小說需要有人物、背景、事件，需要安排伏筆、懸疑、高潮」——商禽的〈長頸鹿〉、蘇紹連的〈獸〉、〈七尺布〉等經典名作不就是最好的證例？於是乎，「小小說」也可說是散文詩的一環。

要將難以描述的抽象事理用具體故事來表達，因此產生了「寓言」這種「意旨遙深」的文類，可在閱讀後仔細咀嚼其中深埋的意涵，所以短篇的寓言也可說是種散文詩。

英國作家馬丁・艾斯林（Martin Esslin）在《荒謬劇場》一書中提到，「荒謬劇場」的主題是「在人類的荒謬處境中所感到抽象的心理苦悶」，這種形式的文章若篇幅短小，也比上文所提到「號稱散文詩」的作品還要「更散文詩」太多了。

四、詩歌

近期我對「音律」產生興趣，希望在句式中抓取聲音與節奏，再加上對流行歌曲有濃厚興趣，因此跳上鋼索做試驗，希望將歌與詩結合，融會出屬於自己的作品，並在詩前引附流行歌詞的「關鍵句」；就內容來說，即是在完成「聽歌曲」、「讀歌詞」，甚至再加上「看MV」的過程之後，將聽閱心得併入個人內化體會，摹寫出帶有流行歌詞「流行」特質，與文學作品「深化」特質的散文詩，於是完成了《詩歌》這本散文詩集。

五、待續

散文詩的一切都仍在發展中，因此其定義勢必要「待續」……

詩人自言自語
──嚴重地心不在焉

「我瀕臨瘋狂／生存全憑感覺／生活全靠想像／一艘紙船原地打轉／失去方向／只是一盆水的汪洋／我在水中央／無所事事地／一無所有地遊蕩」

──〈詩人自言自語：嚴重地心不在焉〉黃俊銘，作詞：李格弟（「幾米地下鐵」音樂劇）

今天好像又比昨天微渺，微渺到可以輕易滲過語氣和詞藻，像浪花尖上的一滴水，在乾燥前，就已記不起海有多遠。

今日總會漂浮在明日之上，好比世界的真實過重，而詩是最輕最輕的謊，所有被朗讀的詩句，在韻腳失蹤前，就已憶不起曾輪廓的美好。

營火堆上的一縷白煙，在形狀消失前，早已忘懷森林的綠。剛穿過風鈴的風，在音聲消逝前，早已忘記地球如何自轉。第一聲鬧鐘尚未響完，我們就已遺失夢的秒針。

只是一盆水的汪洋，就困住了自己的陸塊；或者我說，以上這一切，都只是自言自語，都只是詩人無所事事、流離失所時，嚴重的心不在焉。

模特

「穿華麗的服裝為原始的渴望而站著／用完美的表情為脆弱的城市而撐著／我冷漠的接受你焦急的等待也困著／像無數生存在櫥窗裡的模特」

——李榮浩〈模特〉，作詞：周耀輝

華麗服裝與完美表情，當然是會想握住目光的，否則流行將如何註記？時代將如何註記？所以等待會成為焦急，依賴也會成為焦急。

但什麼是所謂的燈呢？否則你如何看見我，擺弄屬於自己的故事；什麼才是真正的樂音呢？否則你如何聽見我，想要在遠景發聲的渴望；誰說世界沒有選擇？只是證明活著的容器，能夠量積的實在太少。

許多猶豫之後，回到囚室裡，讓塵灰的飄盪去指涉；更多尷尬之後，站定自己的位置，讓晃搖的視聽去穿越；萬千奔流時間裡，以為能永遠儀態萬千的我和我們，終將凝結成為一個個，曾選擇也被選擇的模特。

演員和歌手

「這樣的年頭／說理想沒夠／也不是作秀／學文藝戲裡男人說的自由／演員和歌手／演好個角色唱首好歌／不討好內心的自我／演員和歌手／慢幾步遲到／追丟了自嘲／模糊了對焦」

——李榮浩＆陳坤〈演員和歌手〉，作詞：李榮浩

演員嗅讀有磁性和味覺的劇本，將文字慢慢塑造成自己的履歷。刺痛的，要標誌在靈魂同一個點；糾結的，要纏繞在心跳同一部位。練習過後，將自己揣摩的夢，端給目光去嚼食。

歌手依附詞曲作者的輪廓，將旋律慢慢化成自己的呼吸。進歌了，語氣就開始承載音符的起伏；副歌時，就演算好體溫高蹈與靜止的位置。其餘即興的，可以像輕浮於海面上的鯨或鯨群，翻過身後，又重重潛入深海裡。

觀眾們端著清澈的靈魂，在台下聽著看著；聲線裡的起伏，左右擺動後就更順暢了；鏡頭裡的黑白，拼貼又撕起後就又鍍上顏色了；然後在不停的走進走出後，想起已遺失，或曾遺失的自己。

其實都沒有

「忘掉了的人只是泡沫／用雙手輕輕一觸就破／泛黃／有他泛黃的理由／思念將越來越薄／你微風中浮現的從前的面容／已被吹送到天空」

——楊宗緯〈其實都沒有〉，作詞：楊宗緯

你的臉龐原本是什麼顏色，後來又為什麼泛黃，以致於在我心裡全部報廢；最早，那些布置（以及，練習）也曾多麼的自由與浩瀚，如今這些同義或反義詞，都被祂收斂所有。

我們曾共同目睹這城市的一生，或者一瞬：一起牽手走過的路，後來卻比素描更淡泊；一杯紅酒，後來輕輕揮發成眼中的朦朧；一只懷錶的時間，永遠遺落在咖啡館角落；而一場盛宴啊！曾被重複校對的一場盛宴，只該當成為一次揮手。

看！四周僅剩淡薄的思念，而寂寞剪落自己，又自我繁殖成寂寞，就像沒發生過任何事一樣；就像這地方，從來就什麼都沒有。

致少年時代

「妒忌你能想發洩時敢發洩／拒絕皺眉／明明還未懂世故幻想世態／無數滋味／明明無知／世界卻又原諒你自欺／轉眼天和地／便一板一眼約束你／假設可重遇／讓今天的我輕撫你」

——古巨基〈致少年時代〉，作詞：林夕（原詞、演唱皆為粵語）

「越過這道界線，就是成年了。」遠方立了一道，以童年基石搭建的象徵。「不須考慮，其他人不也都如此？」他們輕拍我的肩膀後，開始奔跑，魚貫翻至歲月的另一面，只輕輕揚起些略帶潮霉的，已腐朽的童顏。

「但我還想做自己啊！」想念朋友的語氣和笑容，想念旋轉木馬的樂音和速度；我想念點燈人的星球，想念蟒蛇肚子裡大象的輪廓。「小王子終究會摘下玫瑰的驕傲，變成自己的狐狸……」在那端，他們得意的這樣聲稱。

太陽就要落下，少了純真的飾妝，向晚的身形，竟越發顯得如此疲憊；而我始終不忍跨越。

翻譯的女人

「她以為許多事情許多人都需要翻譯／她說當然這只不過是一個比喻／她盡量讓它們彼此貼近彼此對應／當然有許多事情許多人不需要翻譯／當然這只是一個比喻／她說」

——魏如萱〈翻譯的女人〉，作詞：李格弟

翻譯是一種比喻，或者啟迪，所以她喜歡翻譯（當然，她說這也是一種比喻）；但是，許多事許多人並不需要翻譯。

一位氣象播報員播報氣象需要翻譯，一位氣質古典的仕女收起陽傘不需要翻譯。祂的神喻需要翻譯，牠擺動的尾巴不需要翻譯。一座電影院不需要翻譯，一座中世紀教堂的巴洛克需要翻譯。一個吻或擁抱，不太需要翻譯，而一滴眼淚，或一堆柴薪燃燒後的餘燼，需要仔細翻譯，來找出更多比喻。

喔！她的男人（側躺在，床的另一端）希望自己能夠被翻譯，雖然她找不到任何一個，任何一個適當的比喻；然而，或許這軀殼的暴躁根本不需要翻譯。

空凳

「輕撫給腰背磨殘了的凳／無奈凳裡只有遺憾／在遠遠的以前／凳子很美／父親很少皺紋／獨望著空凳願我能／再度和他促膝而坐／獨望著空凳心難過／為何想講的從前不說清楚」

——夏韶聲〈空凳〉，作詞：林振強（原詞、演唱皆為粵語）

破損的空凳會如何定義自己？我永遠無法瞭解，就如同無法瞭解，當時皺紋還少的父親，坐在黑白電視前的凳上，會如何釋讀生命裡一波又一波的雜訊。

我曾見過那樣的姿勢，專注地座落在椅墊上，像幅單調的靜物畫，在現實的頹敗中勾勒另一種邏輯。我也曾見過空洞的眼神，在瀰漫的菸圈與背靠中，望向無法言說的窗外。我見過，在鼾聲起伏中，他卻緊握著扶手，彷彿在夢的佔領區中，正與人生叫陣。

但我始終不敢向前。

我始終不敢向前，迎向他巨大的身影，自父子的篇章裡，交換各種分行、斷句前該賦予的形聲、音義。在不斷的起身與坐下之間，我就這樣逐漸遺失了他的線條、氣味……只剩下破損的空凳。

丁威仁

丁威仁（1974-），現任國立新竹教育大學中文系副教授，學術研究方向為中國古典詩文理論與批評，魏晉與明代文學、古代房中思想、戰後台灣現代詩、數位與網路文學等，獲獎無數，請自行Google。已出版詩集《末日新世紀》、《新特洛伊。New Troy。行星史誌》、《實驗的日常》、《流光季節》、《小詩一百首》。論著《戰後台灣現代詩的演變與特質（1949-2010）》、《三曹時代北地文士「惜時生命觀」研究》、《明洪武、建文時期地域詩學研究》、《輕鬆讀文學史・現代篇》等書。

詩觀

　　余作詩不拘一格、一體、一法，甚且無格、無體、無法，動靜行止之間，純任自然天機；收放吐納之際，均隨宇宙流轉，如風雲際會，千變萬化，行雲流水，難以力強而致，行、住、坐、臥之間，無一不可入詩。故余詩不可學，不可取法，工夫唯心印一途耳！

就是一種幽靈文類
——我的散文詩觀

　　一、散文詩兼及「韻律的表述形式」與「結構的分段形式」。就主從關係而言，散文「詩」的本體在於詩，詩「散文」的本體則在於散文，也就是說散文詩，當然與帶有詩意或者詩化的散文不同，畢竟散文詩是詩，詩化的散文是文，主從關係確定之後，無論是上述哪一種表述形式，都必須置入這個主從關係中，進行確認。

　　二、主體是詩，散文只是形式，這種散文的形式，應該指的是結構面的分段形式，而非韻律上的表述形式，畢竟從韻律上它還是必須是「詩」的，而非散文那種「敘述性」的韻律。按此，或許可以這麼說，「散文詩」是一種以分段結構作為書寫概念而呈現的詩，羅青以「分段詩」來取代「散文詩」的說法，我反而認為這樣的說法更能說明「散文詩」的定義。

　　三、就算散文詩只有一段，仍然屬於分段的形式，分行詩的分段，其實在概念上與散文詩所用的分段形式仍有不同，分行詩的分段仍然以「句子」（行）作為書寫的思考方法，但散文詩的分段其實是用「段落」（塊）作為書寫思維的開始。

　　四、至於「分段詩」該怎麼寫，台灣詩人有各自不同風貌的示範，至於有沒有小說化的企圖，或是哲學的傾向等等，這都只是一種表現方式，「分段詩」不一定只能敘事，同樣可以藉此抒情，只不過「分段詩」在書寫時，更能夠容納一些詩歌韻律「散化」或者「敘述化」的空間，往往有些詩思，用分行處理未必能達到作者的想像，那時若能換成分段的方式，有可

能產生敘述式的詩境，達到「分行詩」無法傳遞的情韻，但「分段詩」本質上還是「詩」，就單句的構成而言，還是必須以詩的思考出發。

五、換言之，「分段詩」的韻律與結構其實比「分行詩」更難處理，因為既要保有分行詩的詩境與詩意，又不能像分行詩一樣，讓意象之間的距離產生高度的跳躍或斷裂，在寫法上必須更加注意，尤其是那種斷續之間的掌握。對我而言，書寫不同主題時，會採取相應的形式結構，產生不同的韻律節奏，有些詩作我會想用分段的方式處理，形成一種塊狀的閱讀，而不只是單純行與行之間的跳接與連繫而已。

六、「分段詩（散文詩）」到底是什麼？又該怎麼寫？我認為無需去問這個問題，只要作品是詩，以詩句構成整體，那麼分段或分行，或長或短，都只是一種表現方式，只要能夠將「語言文字意象」、「韻律結構節奏」、「內容情感哲思」視為三角形的三個頂點，讓三者之間的關係形成等邊三角形，達到高度的完成。那麼無論它以「分行」、「分段」或者「圖象」等哪種「詩」的形式展演，只要三個頂點對應得當，次文類的區別又有什麼意義呢？

關窗的權力

我賦予妳關窗的權力，但別讓夜色變成了點滴。

啊，神木是經過偽裝的枯枝，妳的信仰在培養皿裡逐漸萎縮，於暗光的水岸，妳冷了一整個冬季，每首歌都唱得瘖啞，像一朵孤獨的藕花，而青春是陽光曬傷的短片，妳早已喪失對神木的想像。

空屋果真是一座無人的穀倉，每個米粒在獨白中吶喊悲鳴的意象，記憶回到過去，啊，那是妳笑語的迴音，以及逐漸遠行的綠意擁抱、憤怒、激情、冷漠開燈、關燈……這就是詩人吟遊與流浪的一生。

原來，一塊肥皂可以把我們的日子洗得更加破碎，妳的微笑失去新鮮的色澤，一滴淚在繞行穀倉的圓周自轉，然後卑微地從眼角形成的水道，形成湍流。

於是，我賦予妳關窗的權力。而窗外的藕花被煙囪吐出的霧色裹成宿醉的模樣。

渴望的自由

我們都渴望安慰，卻忘了抓住彼此眼中的風景，像個卑微的盆景，除了哭泣就是崩潰。

雨，止不住的滂沱，行人竄逃過街，路口的車陣打了死結，我站在安全島的中央，與冷空氣對白，盼望被世界遺忘存在。

而行道樹需要天空溺愛，因為缺水，就缺少成長的氣力。我想變成野貓，躲在樹蔭底下，舔孤獨的毛。

一條崎嶇的泥路橫亙在我們面前，我卻不想成為單飛的蝴蝶，這是一座被強風侵襲的城市，妳必須增加愛的重量，才能堅固城防。

清晨，每一片落葉都獲得自由，每一滴露水都得到解脫，只剩下觀景窗外的大霧，自言自語……

那單人城堡

雨敲門了，你的溫柔沿路被迫，鼓譟的聽覺貼在臉頰。

戰爭，並未爆發。而墓終將甦醒，誰的姓名被碑文挫傷，愛不斷虧損，虛擬的夕照繼續變老。

午後，你依舊心酸，誰也無法踏入那藏匿的悶，而你綢緞的皮膚，尚未解凍。拿去吧，我的血，你背上長出逃離的翅膀，剝落過期的漆，我仍迷信詩可以喚醒隕石的愛。

戰爭，何時爆發。你被迫的溫柔如此空洞，總想拂去我心底的髒，每當隕石碰撞床板邊緣，詩就掉進井裡，橢圓般滾動。

我敲門了，在空盪的單人城堡，你張開縫隙偽裝武士，揮刀斬殺我的依賴，墓碑旁向外伸展的老榕樹根，用呼吸抓緊泥土的顏色，不停喊痛。

封妖的山寨

　　山寨裡，許多人暢飲彼此的瘦弱，交換除魔的道具與 HP。山寨裡，他喋喋不休談起順天行道的必然性，順便劃亮火柴丟入裝盛咖啡的酒杯，燃燒奶油色的天空。她說：「是的，要封妖焚神，要剪下詩人的脖子，獻祭……」。

　　布袋裡的金絲雀哀嚎，牠擔心封妖的名單遺忘自己，所以壓低嗓音，吼出汪、汪、汪，與尖銳的喵、喵、喵，隱喻自己是妖。她卻歎息：「孩子，我向你致敬，因你擁有雜音，並非妖的歌聲。孩子啊，你祇是驅魔的象形……」。

妖獸義和團

請注意，熟透的憤恨，在咖啡館的歷史結構裡，妖獸們念念有詞：「人類初生的啼哭，早降到我們無法理解的音高。所以，我們選擇無限進化的生殖方式，讓榮耀與權力腐蝕自己。我們是先知，無須辯證，因我們擁有被蒸餾的暴力……」。

妖獸們擊掌慶賀那即將寫進歷史的內鬨，他們說：「人類啊，你們看到了語言的折射，你們聞到了肉體的硝煙，你們聽到的是合法的出櫃策略，你們夢見了腎結石聚集般，妖獸的群體榮耀……」。

一群妖獸的屍體躺在沙灘冬眠；一群妖獸的四肢沿著街道流浪；一群妖獸的眼睛垂掛在旗竿的頂端，注視人類的退化；另一群妖獸撕裂嘴唇掛在胸前，像戶外演奏會的音箱，荷荷荷地唱著莫名其妙的義勇軍進行曲……

葬妖的真相

　　舞動一圈圈臉頰的皺褶，我們在堆滿腳印的房間打開一扇扇匿名的天窗，無數歡樂的精靈飛翔，在那年冬天，群妖併肩躺在天鵝絨編織的海洋裡，許諾要薄葬彼此的愛。

　　你說：「老的時候，什麼都將清晰，包括傷口裡結晶的蛆，兩雙影子安息後的瞳孔，以及腦袋裡無聲的黃昏」，所以你從鏡子裡驅逐我漂往孤獨的航道。

　　「該如何拯救一個厭世者？」我問，偉大的日子中，我是腐敗的官僚，總是兜售自尊與罌粟的悲傷。皸裂的十一月啊，蛆急於暴露分手的真相與細節，在月蝕繁殖的季候。

無知的直線

在直線上春天兀自不明就裡的發出如鳥聲般的啜泣，在直線上一位年老了詩人想試驗土壤的改良，在直線上妳在祖母訂婚的那個晚上恨透了所有男人，在直線上男人點燃女人頭髮建議她晚上不須回家，在直線上某個小鎮的居民任由垃圾窒息他們口鼻，在直線上在直線上在直線上悲劇電影的主角把憤怒向世界詛咒，在直線上。

乍到的春天。年老的拾荒詩人。被男人殖民的祖母。小鎮居民的大腦裡裝滿垃圾。落幕後，主角耕耘著這條無知的直線，在慶祝災難滿月的慶典，一條直線是一種有層次的苦難，一條直線把石油當作貴重的膠水，封鎖了所有民眾的肛門，就只是一條直線。

李長青

李長青，高雄出生，定居台中。曾任台灣現代詩人協會理事，《笠》詩刊編輯委員，《中市青年》主編。現擔任教職，為《台文戰線》同仁，社團法人台中市文化推廣協會理事、靜宜大學台灣文學系兼任講師，國立彰化師範大學國文系博士生，財團法人吳濁流文學獎基金會董事。

詩作被譯為英語、日語、韓語等，也被譜為藝術歌曲（聲樂）、流行音樂、南管唱曲等。詩作手稿由國家圖書館輯入「名人手稿系統」。曾獲吳濁流文學獎，台灣文學獎，《聯合報》文學獎，教育部文藝創作獎，《自由時報》林榮三文學獎，國立台灣文學館「金典獎」，年度詩獎等。

著有詩集《落葉集》（爾雅，2005）、《陪你回高雄》（晨星，2008）、《江湖》（聯合文學，2008）、《人生是電動玩具》（玉山社，2010）、《海少年》（玉山社，2011）、《給世界的筆記》（九歌，2011）、《風聲》（九歌，2014）等。

陳舜仁 / 攝

詩觀

　　每一首詩，都是對世界的回應。

水果，已決，我

　　每次試著說明何謂散文詩的時候，我總是這樣說：「鳳梨釋迦不是鳳梨而是釋迦，鳳梨釋迦是經過改良、長得像鳳梨的釋迦。」

　　這個句式非常適合照樣造句，例如：「蘋果樣不是蘋果而是芒果，蘋果樣是帶有且混融蘋果香味的芒果。」「牛奶蜜棗不是牛奶而是蜜棗，牛奶蜜棗是用牛奶滋養、培育成的棗子。」

　　這個句式非常適合用來解釋散文詩，因為散文詩不是散文而是詩，散文詩是披著散文外在形式而分段的詩。

　　至於，一首詩，或者一個題材，何時是分行的，何時又是不分行而變成分段的散文詩？我的經驗是，「它們」幾乎都已經自己決定了（已決）。然後，才選擇透過我，向這個世界發聲。

字典

「請不要隨意翻動我。曾經吞嚥了太多部首，金木水火，巍峨沉重，我已經無法分辨，世界的高矮胖瘦。」

「請不要特地告訴我，曾經遺忘的昨日種種。那麼擁擠，那麼朦朧，我已經無法分辨，生活的善惡美醜。」

字典為了收納太多歧義而煩惱。

我為了隱藏太多心事而悲傷。

一日三省

去理髮店減輕自己，師傅問我：「你想要多瘦？」我摸摸我的思路，不清楚一個人可以單純到什麼程度。

拿衣服去洗衣店，讓它們在水中掙扎，成長。我自己也可以跳下去嗎？

在家剪手指頭的排泄物。一小片一小片茫然，不痛不癢，不哭不笑，它們知道自己來過這個世界嗎？

日 曆

「你每天撕下一個我，都讓我汗顏。因為這裡除了規律的
數字，也只有簡單的圖案。」

「我每天撕去一個我自己，我自己也汗顏啊。因為徬徨，
因為不安，除此之外也就只剩下大量的，陌生的對白。」

它被掛在牆上。靜靜地。
我被懸在生活裡。靜靜地。

開罐器

因為急於開啟鐵罐裡的風景……

我在罐面上鑽探，開罐器賣力配合著；那一道註定圓不了
的弧線，慢慢的，被旋開了。

忽然，開罐器再也不動了。
「沒有溫柔；沒有幸福。」罐內傳來未知的聲音。

游泳池

　　迫不及待來到游泳池，急切地想要練習離開陸地的方式，以及異於人類的呼吸法則。我想像魚一樣，用鰓呼吸，用鰭夢遊。

　　游泳池中早已躺滿各式各樣的懺悔。原來，有這麼多人都要來洗淨自己啊！用沉默的鰓呼吸，用變形的夢當鰭，來回，不斷泅泳……

象 國

　　我看見許多頭象使力摩擦著樹群，據說，是為了刷去汙穢的身軀。據說，這是唯一的方法。據說，這是最流行的，病與痛。

　　我看見我自己也開始賣力摩擦森林裡的樹，在宣誓淨身的儀式之後。

　　在沉默的樹皮上來回練習，「那些徬徨與不安，也可以擦掉嗎？」我在心裡問自己。

　　「沒用的。身軀有多大，罪孽就有多重。」旁邊的一頭象說。

　　「我們都一樣。」另一頭象，悲傷的補充。

鄉愁

時間是已經不復記憶的下雨天，一些陌生的縫隙，在濕氣沮洳的夢裡，隱約聽見：木地板上的烏雲，正在排練瓣形，開或闔的聲音。

一朵，二朵，三朵⋯⋯

中場的雨倏然歇止；放晴之後，一些花蕊嗅到了腳本裡的芬多精，那些隱隱然的綠，那麼專注的味蕾，仍有提要的前情，仍有葉脈的記憶。

沉默的木地板，仍想成為森林。鄉愁是已經不復記憶的下雨天。

註：以上詩作選自《給世界的筆記》（九歌，2011）。

然靈

　　然靈，別號小烏鴉，生於雨城基隆，也在台中清水小鎮的光河中長大。靜宜大學中文系碩士畢，是文字工作者也是作文教師，愛詩、塗鴉、到處亂拍和自助旅行。曾獲《中國時報》人間新人獎、教育部文藝創作獎、吳濁流文藝獎等等。著有詩集《鳥可以證明我很鳥》、散文詩集《解散練習》。個人網頁：http://blog.sina.com.cn/bluecrow816。

詩觀

我依舊不斷寫詩，為不擅拾遺的一生提詞。

回溯散文詩路

　　回溯寫詩之路，就讀靜宜大學中文系時的我尚未開始寫詩，但當時同班好友高恩雅從高中時期就熱衷於詩創作，也是校內文學獎的常勝軍，她常常將剛出爐尚熱騰騰的詩作朗誦給我聽，或者譜上曲、拿把吉他自彈自唱起來。那時的我雖不會寫詩，但卻可以感受詩的詩意，跟著天馬行空想像而飛翔起來。後來因為修了詩人趙天儀老師「台灣現代詩」的課，必須繳交現代詩作業，加上平常繳交的報告文筆受到向陽、楊翠、陳玉峯、陳建忠等老師的鼓勵，約莫大三開始嘗試寫下凌亂而破碎的句子，碎石子般的文字成為鋪展詩路的開端。

　　大四那年，我第一次投稿校內文學獎，詩和散文均獲得佳作，得獎的散文評審老師認為充滿詩化般的句子若再精煉些，足以成詩；後來投稿中縣文學獎，得獎的散文有詩人前輩閱讀後對我說，那其實就像「散文詩」，我才知道了散文詩這個文體。後來，在詩友曹尼推薦下進入「吹鼓吹詩」網路論壇，共同主持「地方詩寫」版，也開始嘗試在「散文詩」版發表，進而開始累積作品，並於2010年出版了人生中的第一本書──散文詩集《解散練習》，成為「吹鼓吹詩人叢書」之五。

　　從台灣散文詩史觀之，早在六○年代，商禽（1930-2010）於1969年出版了第一本詩集《夢或者黎明》，其中散文詩篇數佔三分之二（計收入25首）。詩人學者蕭蕭則以1990年蘇紹連（1949-）《驚心散文詩》為台灣詩壇最早的純散文詩集，而在1988年劉克襄（1957-）即以散文詩為名，出版了《小鼯鼠的看法》，再從後續的出版狀況觀之：1993年6月，渡也（1953-）亦出版了他的散文詩集《面具》，杜十三（1950-

2010）亦出版有散文詩集《愛情筆記》（1990）、《新世界的零件》（1998）等。從前行代至今，詩人們多間或創作散文詩，散列發表或點綴於詩集中，除了商禽、杜十三、蘇紹連、渡也、劉克襄等少數詩人們出版過散文詩集，從 90 年代散文詩集的出版來看，新世代一直都處於斷層，直至王宗仁（1970-）於 2008 年《象與像的臨界》出版，才有了承接的脈絡。

　　誠然前行代詩人商禽無可異議的是台灣散文詩史上的重要作家，但從七〇年代的詩潮和歷史語境來對照，其超現實的寫作風格指向是迴異於從台灣這塊土地上長出來的詩人的；因此與其說是「繼承」，更多成分是多元風格的開創，亦欣見更多的散文詩集面世，如潘家欣《失語獸》、王宗仁《詩歌》，均在 2016 年先後出版，讓散文詩的版圖更臻於廣闊多彩。

夢鹿

你化身一隻鹿，入夜後點亮了身上的星盞。

「要去哪裡呢？」我問。你看著我，隨即轉身走入深林，在黑暗的夜裡像一群飛舞的螢火蟲，引我走入故事的幽叢之中。

「這裡是哪裡呢？」群聚的鹿變成一整片星空，銀光閃閃，但並不刺眼。你突然開口說話了，說我是缺了一塊的那片，以至於形成黑洞，忘了同伴，忘了光。

但是……但是……我……真的是一頭鹿嗎？我拍拍翅膀，發出嘎嘎嘎的叫聲，降落在缺角的星空之中，瞬間所有的鹿都和我一樣變回了烏鴉，在月光的照耀下身體逐漸消散了，變成一堆覆蓋土地的碳粉。

接近天亮時分了，夜的粉末發出強烈光芒，從地面直射天空，像幻燈片一樣，有一大群鹿在天空顯影，原來我曾是一隻貨真價實的鹿。

列印出前世的記憶後，我們都只剩灰塵了！在風的吹拂下，跑進所有人的眼睛裡，讓海哭了。

他

他四處遊蕩，他與山林貌離神合，他讓日月星辰慢慢向他挪移，他讓我在彼岸長出許多他，最好潦潦草草，我的內心便空空如野。

只有風的手在背後推動秋千，海浪像他層出不窮。

松鼠的眼睛

一隻不怕人的松鼠在草地上覓食。

蹲在一旁的小孩專注地畫著圖，給每一株小草都畫上了眼睛。

媽媽問她：「為什麼草有眼睛呢？」

小孩說：「因為松鼠少了一隻眼睛，不知道掉到哪裡去了？」

松鼠的雙手握著掉落的果實，牠沒有看見遺失的另一隻眼睛，都在看著牠。

經筒

　　劫難轉生，你的稚氣謫降成廣場上嬉鬧的印度小孩和西藏小孩，影子不小心掉在門口，繁殖為水生植物。

　　你照臨蜂擁而來的雲朵，於是天空在腳邊氾濫；你靜寂開花，便剖開我心中的雪意。

　　如果獻上的哈達是佛陀的千拂袖，終將飛騰而去，就讓我是被你轉動、卻兀自輪迴不止的經筒。

晚安曲

一、

　　靜坐塵世，你我都是紙鎮，擀平了流浪謄寫人生風浪，漣漪處是流沙，一字一句全都陷落海底，卻成了輪圓俱足的曼陀羅。

二、

　　月光總是走後門，三秒黏死夢的縫隙，所有的邊框都發著光，世界和你正要滲透進來，成了顯影的壁畫。

三、

　　晝和夜手牽手，一些光流到你的臉上；一些暗不諳世事，旋緊了星辰。一些電線沒有鳥，仍唱著冥想的歌；一些凋零在飛，一瓣一瓣地撥開夕陽。

烏鴉樹

　　鳥群起飛，但是影子被勾在枝頭上，使得一棵枯瘦的樹棲滿了烏鴉。

　　一個孩子專注地凝望著，身後的落葉彙聚成一雙翅膀，長在他的影子上；小孩引頸而望，風不斷地鼓噪著，他來不及抓住自己的腳踝，讓影子飛走了！

　　他撿起掉落的一根羽毛，望著一樹烏鴉，呆立成一棵弱不禁風的枯樹。

水田

傍晚的天空是燃盡的金紙，萬念俱灰。

你在另一個世界會收到夕陽、鷺鷥、和水田裡的一幅畫：
我剛剛經過時，把思念的秧苗種下，請你呵護它長大。

曹尼

　　曹尼，本名曹志田，1979 年生，台灣宜蘭人，東華大學藝術學碩士。著有詩集《越牆者》（2016 年 10 月）。曾獲全國優秀青年詩人獎、蘭陽文學獎、《聯合報》文學獎。曾任台灣〈吹鼓吹詩論壇〉散文詩、地方詩副版主，作品散見報刊、網路。現為宜蘭的歪仔歪詩社一員，高中教師。

詩觀

　　創作者都有自己需要面對的牆，這個牆是外在有形的，也是內在無形，一生不止面對一次，如何去越牆？牆外又是什麼？我不去移動、毀壞這些牆，它們都是寶貴資產，而以創作拓展風景，雖有辛苦陣痛，但牆外世界迷人，值得流連忘返。

作為一個獨立反抗者

　　書寫、賞析現代散文詩必然碰到一個老問題：散文詩定義為何？這涉及複雜文類問題，各家對此意見紛歧，最常認為的是以散文形式寫出的詩，一種現代詩類型，或兼有散文與詩性質的綜合文類。就文學為文化一環，時空變遷下，兩種文化彼此接觸都可能會相互採借而涵化，甚至創造出全新文化，因此沒有一種文類是固定、普遍的，古今中外文學流變也可應證，而詩與散文的二分差異也顯狹隘，於是我傾向於陳巍仁《台灣現代詩新論》所認為的：散文詩為獨立文類。

　　目前的台灣文學場域，似乎並不重視散文詩發展，多少涉及文類霸權，就西方長期適用的四分制度：詩、散文、小說、戲劇，作為支配創作的權力，文學獎、報刊邀稿辦法正是將此制度擴大增強，使之更加穩固。創作者想進入這套既定模式，面對主流要求，詩限制分行形式，創作者必須改以散文為參加文類，一旦文字過於詩化、跳躍，又易遭來評審、主編質疑。但也是這種被邊緣的性質，正是散文詩創作者作為反抗精神的手斧——砍向主流文壇的巨大年輪。

　　美國學者布魯姆（Harold Bloom）在《影響的焦慮：一種詩歌理論》提出：「詩的歷史形成乃是一代代詩人誤讀各自前驅的結果」。新生代會在前輩詩人創作成果下感到焦慮，以為無法超越他們，但有決心的創作者，會激起反抗意識，故意誤讀、切斷、變形前行代作品，試圖突破。法國詩人波特萊爾（Charles Baudelaire）面對當時詩壇祭酒雨果（Hugo）的浪漫風格下，他選擇不走這條大路，翻新主題、改採散文形式，挑戰世俗，最終成為宗師。華文現代詩成果豐碩，面對耀眼陽

光，創作者更該跳出巨大陰影，樹立獨立的文藝風格，青出於藍更甚於藍。古典詞曾被認為是「詩餘」，經過有心者集體創作，從邊緣走向主流，取代了格律詩，在在證明文體是有機的、活的，典範會移轉，固守疆域無益於文壇未來。

　　台灣散文詩在前輩商禽、蘇紹連、渡也、杜十三……等接力下，樹立不少標竿，同樣地，後輩無不籠罩在焦慮下，但相對其他文類，散文詩尚未被定型，評論仍少，史觀未成，有助於接下來的作者繼續挑戰、擴充此文類內涵、形式，激起一圈圈變形漣漪。網路世代崛起，書寫方式多元，吾輩正適合擺出反抗者姿態，握筆如握斧，省視焦慮、孤寂，才能獨立存在，眾聲喧譁。

〈陽字艦隊〉四首

魖陽艦

　　停泊在毫無生息的碼頭，水手目擊遠方曡雲升起，火光四射，胸臆的浪仍靜靜推擠，磨著生鏽的艦艘如斧。

　　纜繩持續吃緊，拉拉扯扯，船身十三度微微傾斜，露出焦躁的肚白，隨時都有迫擊聲響，擱淺在燈塔的眼瞼下。星光為砲口鑿下一扇窗，抖擻一身餘灰，甲板上還滾落幾顆牙齒，能傳令萬浬之外擦槍走火？

　　年輕艦長伏在滲水的海圖上，指揮一場戰略攻防，意氣風發，乾不了的潮水、潑跳的夢境，以兩種速度前進、交火，在看不見的海域，神出鬼沒的船骸……

魅陽艦

航泊日誌第四十七頁，霧又再次臨摹黑色的浪跡，一筆一筆，翻捲起霉漬，滲漏在老艦長斑斕鬍鬚，潦潦草草，他抽起雪茄，奏響冬季的煙歌。

四十八夜，砲管開始披上苔衣防潮，腐朽在瞄準間，濕意因而過高，禁止射擊！甲板上滿是生鮮的蕈類，水兵們紛紛蛻去鱗片，蹲坐在舷邊，雨絲順勢勾住了他們受潮的唇，植入霧林。

七七，承受最後翻夜的誤讀，水面依舊清靜，即使海豚一再炫耀芭蕾，請帶領我們譜首海嘯，當艙間淹滿歌聲，灌溉發芽的燈塔，迷航在移動的港灣，僅以天亮方式，才能退去背上的浪鰭。

魖陽艦

　　卸下火砲武裝，拿起貝殼錄一段潮音，讓纜繩吃飽鹽漬，桅杆接受風的吻別，我們就要掀開藍衣被，犁進船塢，等待烘乾孵化，成島中之島。

　　據說那晚值更衛兵瞧見摩西帶路，船內鼠輩遷徙，橫行碼頭，鷗鳥竊喜佔巢，幾枚鯊魚背鰭划過甲板而行，魚群紛紛走避管線之內，又說一名長尾巴滿頭蛇髮的女子跳上舷邊向他調情。而空無一人的艙間，波士頓的空中花園，舵房仍不時傳來歌劇男聲，午夜十二鐘響……

　　月色就擱淺在約定時間，記憶還在浪拍下大修，換機輪、敲鐵鏽、補上灰暗的漆色，期待每朝第一道烈陽點爐，因而轉動餘暉，再度啟航。

魍陽艦

　　拽斷了地平線，身為旗艦，善於擺動尾鰭與白浪擊掌，我族的同類，紛紛露出齒鬚低鳴唱和，以十節航速轉換隊型，拓印在祕密的航線上。

　　一旦發現水下目標，聲納同時奏出悠揚樂章：撒旦的舞鞋。艙底隱隱流淌溶漿，甲板龜裂挪動，情緒高溫而膨脹，一脈移動的火山，陷入海上惡沼之中，一吋一吋，舷邊爬滿藻類藤蔓，艦艄無臉的拉纜手，吹起了鹹味的口笛。

　　這裡沒有燈火管制，珊瑚裝飾著盛夏的雛菊，水母宛如夜空幽浮逡巡，幾隻迷路的熱帶魚誤闖艙間，再也無戰事了，偶有回溯的洋流，撫觸海底的龐貝城。

線路

一、無以名狀的流速

當一切眼神交替，光電之間，你已將毫無死角的基地台架設在心的高處，無時刻捕捉，捕捉空氣中流溢的訊息，無形無色。

你說體內有最流利的一組線，鮮紅用來接收兩人記事，暗紫用來排放單人寂寞，偶然分岔，偶然又回流同一脈息上。

二、無足輕重的走火

當彼岸那人從掌心拉出一條遁隱的生命線，朝銀河裡拋擲，你將攀附而上，脫掉絕緣的肉體，捨去電阻的執念，連影子都捧成一束火花，燃燒晝夜無息。

最後，僅存一絲不全的名，你將它們搓揉，再搓揉，灌進歷史的缺口，任其通流，構築永恆的網路。

三、無可救藥的無限

當你悄悄踏進，伸手五指，于左胸那間渾沌之室搜尋，企圖開啟生命的關鍵。

你選擇坐下，默然讓自己的血脈裸露，忍痛植入寒蟬吐出的光纖，你無畏，顫動仍頻，嘶喊不止。

額頭浮腫出一顆夕陽，腳下流出濃白晨曦，你放盡氣力，終於，跟世界的經緯接上。

掘墳者

月光的碎片就這麼插進側臉，他舉起頭蓋骨擦出的磷火。腐朽的左手，眼淚成螢，一閃一閃，未乾的血書字跡：

「喔遺產，一副狼心狗肺
剛換的假牙及露珠
偷來的一對義乳
足夠半生享用，全致
吾愛」

從肉身抽出成雙的琵琶骨，血色霧中，他劇烈感到一陣迷茫，眼光依賴盡頭！手下得不痛快！輕盈的逃亡又僅僅是，一道形式，一道圍牆。血液流竄的原罪，星星抓不到，空曠的橫屍遍野啊！少了一點野火放肆。

就這樣一個人，羅列的

這是病死的墓。
這是嗜殺的墓。
這是瘋癲
這是……

而這是，虛位的墓，適合他裸身看彩虹傾斜，流質的夜空。他竟裹足不前，用迴紋針別起那枚福馬林味的心臟，企圖等待黎明，等待浮腫的夜瞳。

最後在提起一支還黏著肉屑的腿骨，奮力一掘、再掘，他正創作一首子夜的單歌，耳道沒有喘息，直到有意識前：「請叫醒我，別打擾我」。一隻夜鴞披著過重的黑髮，盤旋凹陷的穴裡，飛不出。

　　一股卸下鈍鏽的軀幹，試著把手臂交叉逆十字，他將自己的頭蓋骨放正，收下顎，沉眠的絕佳狀態，擺放在旁的皮囊，連一滴淚也無法擰出。

　　他也想過就這麼躺下守著，愛撫這完美的雕塑，頓時煙灰嫋嫋，如數條黑蛇流竄，引來往生的友人，齊聲朗誦自己立下的墓誌銘：

來我異端的墳前禱告
我們有的是時間
夠你衰老

越牆者

牆是病了，長出破裂的皺紋，痛得哭了，一道道斑駁淚漬。我曾是被牆責備過的人，輕輕舔過絢爛塗鴉，失意時就抬頭仰望，一隻黑手伸來拉起衣領，又放下。

耳緊貼牆竊聽，那邊可有另一隻耳要交換祕密？可有坦克換情歌？可有黑貓在牆角眨出的兩株螢火逢鬼便問：「需要引路嗎？」

只好擱下右耳，手觸沿這堵隔離向前，幾處拐彎，風抽打雙頰，淚在身後潮濕摔跤，同樣皺紋同樣絢爛，牆大口大口吞著盡頭，牆仍斜斜站立，既沒有腳也沒有枴杖。

我喘息後退助跑，跨出一步，下一腳將落在何處？

放下沉重夢袋，把背上僅剩的一隻翅膀折斷，跳躍、攀援，喊出自己名字，取代許久不來的姓氏，終站上窄牆頭，腳邊一群螞蟻推滾浮石，我再次仰望，讓天空枯萎的雲朵養在水眸。

被分隔在意識之外，昨日鐘聲迴響，跳或回首——

跳下去也許就孤單了，至少還有一面空牆，足夠留下大片陰影，等我重重一拳，打向縫心。

蘇家立

蘇家立，台灣新竹人。1983 年生。

學歷：國立台中教育大學特殊教育學系畢業，現就讀國立新竹教育大學夜間進修部中國語文學系碩士班。

經歷：目前任教於新竹縣竹仁國小特教班，年資十年。新竹縣國語文競賽培訓人員作文組，年資三年。

獲獎記錄：2006 年獲聯合文學巡迴文藝營新詩首獎、第一屆行動讀詩會詩獎。2008 年獲喜菡文學網第二屆新詩獎佳作。2010 年獲台灣詩學第一屆創作獎──散文詩獎優選。2013 年獲愛詩網「好詩大家寫，大家來讀台灣古典詩」新詩創作獎成人組佳作。2014 年獲創世紀 60 周年詩獎優選，「台灣詩學第四屆創作獎新詩首獎」。

著作：《向一根半透明的電線桿祈雪》、《渣渣立志傳》，《其實你不知道》。

詩觀

　　讓想像自由地飄流，即使無風，也要假設自己在飛。寫詩，我不太要求情感上的實用，意即在詩中可能沒有常人期待的情境，我理想中的詩是一幅接著一幅的圖畫，沒有邊界，可在其中一隅插入你的軌跡。最後什麼都不用多說。

我可以從大象溜滑梯上臉朝下滑下來嗎？

　　相對於時下追逐潮流的年輕世代，我是被劃分到「那個」較為老派，彷彿被古老教條圈養的圍籬裡的，頭上毛髮漸漸稀疏，就年齡上仍歸類於青壯人士的贗品，舉手投足有一股莫之能禦的霉味，猶如瑞蒙・卡佛筆下那堆自正常社會逸軌的、酒精成癮導致神智不清、滿臉鬍渣將社交禮儀和閨房祕辛混淆的邊緣人。這樣的我邋遢不堪，個性卻比新買的腕力訓練器來得倔強，走在馬路儘管前方有一道堅牆堵著，仍要撞它個一下證明此路不通才肯罷休，但有趣的是，對於散文詩這文體，我卻抱持著恍如夢境、化蝶翩舞的悠適心境，先輕撫再掐拈，最後將它塑為我希冀的模樣，擺在某個玻璃櫥窗內面對熙來攘往的人群，懸吊的標價卡上有著一團塗改的鉛筆汙漬，而我拿著十元商品屋買來的、顏色極為俏麗的抹布，輕輕擦拭玻璃表面，為了讓「它」清晰地被觀測，除此之外你無法介入它，連我也是。

　　要清楚闡明什麼是散文詩什麼不是可能需要漫長的時光去找到它確切的定位，我也不是一開始就書寫散文詩，而是在捉到了詩的輪廓的同時，發現散文詩的頻率適合我的音閾，就如同有的人適合淡妝有的絕不能盛裝一般，具備強烈敘事性且飽盈故事性的散文詩，裡頭亦能藏納難以勘破的密室機關，不用那樣迅速地要讀者在頃刻間了解你的弦外之音，而是以雍容的步伐，牽起一隻隱形的手跳起舞來，等到音樂停歇再回溯剛才發生了什麼，我想，這是散文詩對我的意義，我可以慢慢地剖

析複雜的主題，將之一一拆解，再悄悄趁讀者不注意時組裝回去，但那早已不是原本的物體——儘管看起來毫無異狀。

那麼，我想對散文詩說些什麼？其實是它幫我說了許多，自始至終，我躲在它的庇蔭之後，令嬌嫩的皮膚不受烈陽之害。我想回到那夏意正盛，孩童聲喧囂的公園裡：獨自隱匿在榕樹後，一邊刮著粗糙的樹皮，一面凝望遠方那列排隊登上大象溜滑梯的同學們。我無法在適當的場合加入，只能在黃昏瀕近，少婦們呼喚回家的嗓音陸陸續續將孩子帶回溫暖的家，我才怯生生地爬上了溜滑梯，小心翼翼將小屁股抵著冰冷的水泥，輕呼一聲往下滑衝，落到地面的那一瞬，我感覺到有什麼被撕去了，那並非牆上的日曆即將被撕到周一的無奈，也非寫了許久的情書被夢中戀人撕得粉碎的難堪場景，而是一個人硬生生地被改變了狀態：從一無所知到一無所有。終究我一次又一次爬上了溜滑梯，一次又一次快速地滑下，最後，我把頭朝下，雙手放開任憑重力處斷……一陣涼風拂過之後，我便在這兒了。

但我想回去那兒，一個人看著被踩裂的蟬殼，把手指伸進那個破洞，慢慢的。

期限

　　酒瓶裡剛泡進一顆褪色的夕陽，浮起的液面大概只有一根食指高，擺在檀木桌的高腳杯有些許裂痕，彷彿疾走的秒針就能輕易切開，褐色的醉意一滴一滴落下，濡濕了一群正列隊覓食的螞蟻。

　　我的指甲中滿是汙垢，眼窩的黑影藏不住疲倦，一個呵欠從腐朽的雙唇迸出，溜進沁涼的空氣，電視螢幕中恰巧播放著旅遊節目介紹難得雪景的畫面，那兒的顏色像是沒啥經驗的製紙廠，一把大火或一對無奈的眼神就能徹底焚毀。

　　約定好的四點早就過了。而通常烈酒一個人是沒辦法喝的，米色壁紙上的另一個人想要拿起酒瓶被突來的門鈴打斷，我打開門，只有一隻左腳瘸了的老狗，嘴裡銜著一封沒有署名的信。

　　酒瓶碎片掉落一地，和紙屑混在一起，不知道哪個會扎傷人，我只能用指頭一蕊一蕊的去摸，客廳像是花季剛過的草原，一片凌亂，簡單又沒有季節。

遮雨

門沒有鎖。客廳裡擺滿魚缸，有的裝滿水，有的只有半滿，還有的鋪了一層油亮的水草，但沒有一個水缸有魚。

她渾身濕透推開門，將紙傘擱在門邊，盯著溢出雜訊的電視螢幕，和式地板上有幾條剛從螢幕掉出的銀色蚯蚓，牠們不停地掙扎，像勉開攤開身體的逗點，尾巴朝著窗外的彩虹，不知控訴哪一層的色彩過於刺眼。

悄悄地用腳趾磨擦地板間的縫隙，她不覺得放晴是件好事。手中緊握著從遙控器拔下的電池，把其中一顆投進茶几的魚缸，如果是魚，沉沒勢必是即將面臨的謊言——剩下一顆要埋在一個簡單的地方，沒有任何水，也沒有鎖。

撐起白色紙傘，她在室內旋轉了幾圈，而天花板開始滴水，輕輕敲在紙傘純淨的表面，弄出一顆顆灰色的汙漬，她用手把紙傘戳了一個個洞，自己身上也慢慢流出了一些溫熱的液體。

門不存在。

放生

　　把日記本攤成一座湖泊，我在湖邊一個人做柔軟操，並不急著下水。湖中有幾個看不出年齡的孩子在嬉鬧，帶頭的捧著一顆滿月，其他的人想搶卻搶不到，身體漸漸萎縮，沉到水底化為一塊塊小石子。倖存的孩子爬上岸把月亮放進我懷裡，變成一隻青蛙跳入比黑夜更深的草叢，我再次把月亮丟進湖裡，等下一批人搶奪。

　　有的變成蛇而有的變成蜥蜴，故事的結尾可能是這樣。確認四肢溫暖了之後，我跳進湖泊抓緊左岸慢慢地往右岸靠攏，讓它回到日記本的樣子，而我像一片尚未枯黃的葉子，就這般俐落地插入。

　　墨字遇到水會悄悄暈開，而許多故事途中會有響亮的水聲。我坐在日記本前，把過去的自己陸續葬在夾層中，有時假裝自己是爬蟲類，血的溫度比公車站牌的影子更冷。揮手向遠方告別時，我聽見磁磚像鱗片從牆壁脫落，露出赤裸的灰色水泥，那份純潔的色情令我忍不住勃起。

仿冒品

　　他在行事曆上寫著要去遊湖這件事，引起軒然大波。第一，他的心裡沒有人比他更輕。再來他並不相信透明只是把路稀釋後的廢棄物。遞出假單，上司不肯核准，交給了他一疊文件，文件間夾著曬乾之後的槳，他沒辦法靠它划回行事曆上的紅色圈圈。

　　辦公桌上，攤開的數字像夭折的嬰孩，計算了一個又來了另一個，他們沒有長大的欲望，不斷消耗他，在絹白的紙張留下簡單的行進，他緊緊捏住快要窒息的鋼筆，後背不知何時冒出了樹苗，以驚人的綠和速度吞掉他周遭的一切。

　　他成了一面湖泊，湖面漂著上司沒核章的假卡，而蜻蜓將在他的名字產卵。隔著一座山還有一面湖，湖與湖之間長滿雜草，荒蕪是它們共享的行事，裡頭躺著褐色的蟬殼，他曾經在裡面叫喊盛夏。

削皮

　　我知道他喜歡吃蘋果，偶爾會切片泡在鹽水裡，但大多時候連皮一起吃，只留下孤伶伶的果核，像他背著妻子站在我家門前兩三個小時。

　　用纖細的背看著他雙眼遞來的謊言，拿著鈍掉的水果刀，我一個人在流理台削著心臟般大小的蘋果，一圈又一圈，小心翼翼解下那條裹著青春的紅色圍巾，水聲嘩啦嘩啦流著，我覺得自己的脖子空蕩蕩的，沒有雲肯從這樣的懸崖墜落。

　　他以粗暴的方式脫掉了我的衣服，餐桌上削好的蘋果一片也沒動。今天的天氣並不適合泡鹽水，但牙齦有傷的他，只知道我腋下泌出的月光，有一點點危險的微酸。

　　蘋果皮躺在砧板仰望廚房沒關的燈，如果紅算是一種正面。

欺之以圓

那個呼拉圈從很久以前就躺在那裡。有時，會有小朋友跳進又跳出，卻沒有人小心翼翼把它拿起，靠回油漆正在剝落的牆壁。

雨季來時，連腳印都會莫可奈何地消失。呼拉圈捧著一攤水漬，靜靜地望著習慣說謊的烏雲，聽它拋擲雨滴的聲音。當積水溢出圓的擁抱時，彎曲的手臂纏不緊一條緞帶。

無法等到滿月縱身墜入。呼拉圈裡，向來綑綁的是黎明後的黑夜，只有大人的腰身能輕輕轉動。

然後留下公車站牌未乾的油漆，終點不甚明確。

牽線

牽著一條電線，我必須保持雙手乾燥。馬路上的腳印大多是導電的，有的害怕月光，有的習慣風吹。我走到某面牆下，把手上的線插入角落的洞。我的瞳孔映出了牆後房子裡的情景，一對夫妻開開心心吃著晚餐，他們沒有孩子，養了一隻看起來不靈光的柴犬。

突然降下大雨把柏油路燒成荒土，整座城市是一顆沒充飽的電池，每個家庭有屬於自己的線路，插在只有他們懂的插座，觸電也不關別人的事。

我拔出電線，在原地等待放晴。

潘家欣

1984 年生，台南人。

　　台灣師範大學美術系畢業，左手寫詩右手畫畫剪紙，所以左手和右手都很忙，有時候會交錯打結。出版剪紙詩集《妖獸》（2012逗點）、版畫散文詩集《失語獸》（2016逗點），總是貪心，夢想著把現實改造成公平、正義、愛與和平的美麗新世界，持續追求夢想高速手刀奔跑中。

詩觀

　　長時間的跨領域創作習慣，培養我相當實際的技術直覺，有些事情適合用現代詩吟唱，有些事情適合用圖像描繪，而散文詩具有更多必須形塑，必須細分明暗與輪廓的部分，她的繁複述說是天生肉體，不是衣服。

傻子挖溝
——如何寫好一首散文詩

傻子拿了小圓鍬挖溝，挖了長長的一條。

我說，傻子你幹嘛呢？

他說，他要挖出一條河來。

懶得理他，於是傻子繼續每天用他的小圓鍬挖，挖，又挖。

挖完了他又去找許多小碎石子來，把溝底鋪滿了。他還挖了個圓圓的大坑，說這是湖。坑底一顆一顆擺上他四處辛苦收集來的小圓石頭，排得跟曼陀羅一樣。

我說傻子，你的水呢？

傻子說，等我把湖做成了，水就會來了。他等了又等，小石頭坑都完工三年啦，水還不來。傻子又去買了兩隻小金魚，他抱著魚缸每天在溝邊等，等著放金魚。

我離開小村時，傻子的鬍鬚已經白了，兩隻金魚的鬍子也白了。而水沒有來。

我為傻子找水去，走遍了全世界，我寫信回家，說傻子你騙我，我們住的村子根本是沙漠，哪裡來的水呀。我現在被困在阿根廷的牧場裡非法打工回不去了，傻子你出來救救我吧，別等水了。

傻子沒來，他也沒回信。等我從貧窮的坑底掙扎出來，終於回到家鄉，吃著一嘴沙，我再也找不到傻子。

而家鄉出現了一口湖，那甚至不是湖，是內海。我離開的那年夏天，來了一場前所未見的地震，傻子的坑裂開了，重鹹

的巨浪帶著洶湧泡沫爬出來。村子現在因為製鹽而富裕了。我呆呆地站在沙地，不，是海灘上，看著眼前的鬱藍大水，呼喊傻子。海帶來了海草，海帶來了雲雨，海帶來了從未久留的腳印，卻不為我帶來，金魚的尾巴。

玩具木馬

　　我在海邊走了一個月，走了又走。岸邊曬著許多的漂流物，海草，憂傷的寄居蟹，乾枯的海星。

　　玩具木馬也陪我走了一個月，他忍不住發話了。

　　「妳到底要不要騎上我？」

　　「你能帶我到哪裡去？」

蠑螈與神奇海螺的話

　　我在海邊進行例行性的散步，走了又走，終於下定決心，撿起神奇海螺。

　　試著把神奇海螺放在耳邊聽看看，但海螺要說的太過龐大了，寂寞震耳欲聾。我受不了，便將海螺拿開，耳朵流血了。

　　蠑螈把海螺接過去，放在耳洞旁專心聽，蠑螈的鰓如海葵展開，每一纖毫都大幅度震動，那是宇宙時間軸透明的震動啊，發出霧霧蓊蓊的共鳴。在那震動中海洋安靜下來，星辰墜落了，在那震動中風永不止息，血液在耳際乾涸，胎兒出生了，月亮豐滿了，極光永永遠遠的關上了。

　　最後，海螺的話終於講完，她嘆口氣，從殼裡慢慢爬出來。好小好小的粉紅色寄居蟹啊，她走過的每一步，都留下鹹鹹的細美結晶。

刀子

我站在菜市場,面對一整排琳瑯滿目的刀子,猶豫不決。

老闆娘好心的跟我介紹:

「這一把魚刀,用來剖魚肚,把腸子和鰓掏出來,專業用喔。」

「這一把是生魚片刀,刀身比較修長,使用完一定要立刻清潔喔。」

「這一把是牛刀,處理紅肉都很好用喔。」

「這一把是雕花刀,專門雕刻蔬果,削皮也行。」

「這一把是中式剁刀,專門斬斷骨頭,敲碎關節,沉重而有力。」

「這一把是三德,它是萬用刀喔,基本上魚肉蔬菜都可以處理。」

「所以客人要買什麼刀?你要切什麼呢?」

「給我一把可以斬人惡根,除賊弊習,給我一把可以避邪殺妖剃盡鄉愿的刀子,給我一把清明見性的刀子,給我一把不

受綑綁可以殺出生路的刀子。」

　　老闆娘笑了，「那刀子你買不起。」

　　「那，給我一把不見血的刀子。」我摸摸口袋，只有二十塊。

　　於是老闆娘給了我一包木炭。

　　註：北區反課綱高校聯盟發言人林冠華燒炭自殺。得年僅二十歲。

螢火

「妳知道嗎？每一隻螢火曾經是一句真心話。」蠑螈說。

「聽你在豪洨，那麼夏天晚上真心話最多了。」我嗤之以鼻涕一把，整個十二月我都用濃鼻涕在跟世界對話。

「是啊，冬天的時候太冷，夜晚太早降臨，情緒一沉，真心話就不容易說了，只好豪洨。所以冬天是故事的季節，而夏天是戀愛的季節。」蠑螈伸出手來，掌心赫然一隻奄奄一息的螢。

「那這又是誰的真心話？」就在我問出口時，那螢滅了。月光正正照在她僵硬的身子上，不管是誰的真心話都已經一去不返了。

鱷魚

金籠子裡的鱷魚遊說著我打開籠門。

「來吧，放我出來。我可以帶你到山的另一頭去探險喔。」

我看了看山，山又高又陡，山頂遠得就像是一小塊雪白的積木。

「我不要，看起來好危險，又好冷，而且，山的另一頭有什麼好看的呢？」

「有神奇的寶藏啊，山的另一頭有鑽石和珍珠建造的城堡，有黃金做成的足球，還有一簇一簇的紫水晶森林喔。」

我搖了搖頭。「我不喜歡珠寶。」

「還有啊，山的另一頭有花園唷，那裡有全宇宙最美麗的玫瑰花，最聒噪的喇叭花，有美得就像一道彩虹的鳳凰，還有大得像火山一樣會唱歌的大鯨魚哪。」

我還是搖搖頭。

「呃，還有英俊的王子和美麗的公主，國王和皇后，最勇敢的武士和最滑稽的小丑，喔，還有魔術師。」

「魔術師？」

於是我打開了鱷魚的籠子。

恐龍

恐龍把下巴靠在我肩膀上，牠的呼吸有青蛙和菠菜的味道。

我試圖回頭，但是整個側面都被牠的臉佔滿：「嘿，可以移開嗎？很重。」

恐龍說：「不可能，我的骨頭很輕的，我是鳥兒的祖先，我是夢的核心與燃料，妳怎麼會嫌夢重？我要吃掉妳這沒有擔當的人渣。」

我嘆氣，連一頭恐龍也來對我指指點點。「你又懂我什麼了，你知道夢是建在肉身之上，你知道燃燒需要空氣，你知道我吃了幾隻鳥兒嗎？」

於是我喚出蠑螈，牠把恐龍吃了。蠑螈說，配塔巴司可醬，還可以，像烤海苔的田雞腿。對了，旁邊那頭小隻的迅猛龍，還有猴子，還有拿著麥克風唱卡拉 OK 的人類，可以順便一起吃掉嗎？我說隨便你了，我的時間要完完全全用來休息，時光旅行和酗酒。

恐龍骨頭

恐龍骨頭喀啦喀啦的哭，我有點煩。早知道就不要讓蠑螈吃了牠。跟在屁股後面沒完。

「滾啦。」我噓它。

「我飛不起來了。」骨頭可憐巴巴的說：「我沒有鼻子，沒有眼睛，找不到回家的路了，嗚。」

「啊你飛不起來是干我喔，你找不到回家的路干我喔，你沒眼沒臉沒腳沒屁股干我喔，去找蠑螈要啊，去博物館收票啊。滾啦。」

但我知道牠找不到蠑螈的，我把蠑螈藏得很好。然後我們可以光速遠走，拋棄被吃乾抹淨狼藉一地的恐龍和猴子。時光旅行時，當壞人很容易，在我遠離的那個時代，吃人都不用負責任的，遑論吃區區一頭恐龍。

台灣當代第一本散文詩選
——形式本身，就是一種完成

李長青、若爾·諾爾

　　當散文詩的枝葉與花果，千樹成林，自成風景，我們自然不必再擔憂，甚或懷疑讀者是否懂得：何謂散文詩？

　　或許有人仍不免質疑散文詩的存在價值，與此同時，其實也促使了我們對於散文詩的定義、形式、表現方法和語言等爭議的繼續思索。於是，詩人披上散文的風衣，持續轉動詩的金鑰，期待散文詩的語言能進一步敞開台灣文學，乃至於世界文壇的新視野；於是，詩人對散文詩有了更多的自知，更深的自覺，並嘗試用文字釋出自己，也剖析整個人類社會。

　　因緣際會，承蘇紹連老師交付任務，透過此次具有重要詩史意義的編輯經驗，我們得以與許多讀者一樣，更深切的感受到台灣當代散文詩的樣貌與脈搏。台灣各世代的散文詩作家，我們都盡量邀集，因而有了這本選集裡的多相輝映，以文字娓娓道出生命感悟的跌宕起伏。入選的二十三名詩人，年紀相差半個世紀，從五〇年代到網路時代，從鉛筆、毛筆、鋼筆、原子筆、電子筆到鍵盤，從白紙、稿紙、電腦到筆電與手機寫作，眾多詩人集合在台灣第一本散文詩選集，並肩穿越詩路崎嶇的甬道，各自表現散文詩的理路與景致，共同為當代台灣文學，凸顯出一幅幅精美動人的浮世繪。

　　誠如學者陳巍仁曾論，「相對於其他地區的華文散文詩，

台灣散文詩可說極具辨識度。當大多數散文詩還受困於文類辨識的灰色區域時，台灣散文詩卻迅速在『詩』的隊伍站穩了地位（下略）」，準此，散文詩在台灣，面貌清晰，風格特具，文類的形式表現幾臻熟成，確實已散發相當程度的光能與熱力。

而另一位學者丁旭輝在談及散文詩時，也曾引述形式主義文學論者所主張的「形式是一定內容的表達程序」、「這形式貝爾（Clive Bell）」稱之為『有意味的形式』，蘇珊·朗格（Susanne. K. Langer）則稱為『有表現力的形式』，每一種形式本身，都表達了獨一無二的內涵（下略）」等見解，用以說明「形式」本身，同時也就是作品的完成。綜上所述，均可印證散文詩的存在事實，及其存在意義。

台灣當代的散文詩，無論個賞合覽，分評綜觀，在在皆為有意味、興味且可供玩味與研究的「寫作形式」，也是具有表現力（例如陌生化效果、文學的戲劇性、敘事性）的「文學形式」，更是別具書寫表現意義（例如分段、標點）的「文類形式」。收錄在這冊選集裡的作品，含括了被歲月洗滌而益發清亮的前行代詩作真義，中壯輩詩人追索詩藝的心緒思維，以及企圖脫去影響焦慮與詩法框架的新世代風格；無論從詩學或文學傳播的場域來看，這些詩人的意識形態，都代表著不同年齡層的見聞行思，也彰顯了不同背景的書寫成果。這些詩作，呈現出的許多種不同詩風，即是最佳證例。

底下，我們仿寫了蘇紹連老師的散文詩〈七尺布〉，做為對編選這冊選集的感想：

讀者們只著眼散文詩的定義，我著急得很，為什麼不敢跳

出來解釋。我說：「各位，定義是不夠的，要有作品才算。」
有讀者說：「以前有定義就夠了，難道散文詩長高了嗎？」我
一句話也不回答，讀者們繼續討論下去。

　　讀者們仍按照舊尺碼在詩裡狐疑分段的事，然後用鐮刀慢
慢地銼，我靜靜地看，啊！把散文詩裁斷，把散文詩裁開，再
用金針補，淚腺縫，……使散文詩成林。

　　做為台灣當代第一本散文詩的選集，我們感到忐忑，卻也
始終有著堅實的信念；感謝編選過程中諸多詩友的支持、台灣
詩學吹鼓吹詩論壇蘇紹連老師的初始構想與指導、陳巍仁與解
昆樺兩位學者的推薦序，以及九歌出版社與羅珊珊主編的協
助。希望透過這冊選集，能有效擴增散文詩的閱讀人口與寫作
數量，誘發各世代讀者與寫作者對散文詩的興趣。在台灣，寫
作散文詩的詩人並不少，唯限於本書篇幅，不得不有所取捨，
但我們深信散文詩的終極成就，是在可預見的未來，繼續開拓
更廣袤、更多元、更豐沛、更創新的書寫能量。

九歌文庫 1262

躍場——台灣當代散文詩詩人選

主編	李長青、若爾‧諾爾
責任編輯	羅珊珊
創辦人	蔡文甫
發行人	蔡澤玉
出版發行	九歌出版社有限公司
	臺北市105八德路3段12巷57弄40號
	電話／02-25776564‧傳真／02-25789205
	郵政劃撥／0112295-1
九歌文學網	www.chiuko.com.tw
印刷	晨捷印製股份有限公司
法律顧問	龍躍天律師‧蕭雄淋律師‧董安丹律師
初版	2017年8月
定價	**350元**

書號	F1262
ISBN	978-986-450-140-3

國家圖書館出版品預行編目資料

躍場——台灣當代散文詩詩人選 / 李長青,
若爾‧諾爾主編. -- 初版. -- 臺北市：九歌, 2017.08

304 面 ；14.8×21公分. --（九歌文庫；1262）

ISBN 978-986-450-140-3（平裝）

831.86   106011392